成り行きで婚約を申し込んだ弱気貧乏令嬢ですが、何故か次期公爵様に溺愛されて囚われています

Writer 琴子 Kotoko
ILL. 笹原亜美 Ami Sasahara

TOブックス

Contents

イラスト：笹原亜美／デザイン：今村奈緒美

A bearish poor daughter who applied for engagement to the next Duke as it happens. but for some reason she is loved and captivated by him.

わたしと婚約して頂けませんか⁉

「……いいよ、婚約しようか」

「そうですよね！　お時間取らせてしまってすみま……え？」

そこまで言って初めて、わたし、アリス・コールマンは跳《は》ねるように俯いていた顔をあげた。そうして初めて視界に入った目の前の人の顔を見て、よく腰を抜かさなかったと自分を褒めてあげたい。

サラサラと靡《なび》く輝くような金髪、端正な顔立ち。そして一際目を引くのが、宝石のように煌めくアイスブルーの瞳。間近で見るその瞳は、今まで見てきたどんな宝石よりも美しかった。このまま吸い込まれるのではないかと、恐怖すら覚えるほどに。

……それよりも、今さっき彼はなんと答えただろうか。

わたしの記憶が正しければ、「婚約しようか」という信じられない言葉が聞こえたのだけれど。

追い詰められたわたしはいよいよ、耳までやられてしまったのかもしれない。

「あ、あの、」

「名前、教えてくれないかな」

「えっ？」

「君の名前だよ」

そう言って軽く首を傾げる姿の眩しさは凄まじく、わたしの顔は目も当てられないほど真っ赤になっていることだろう。

「コ、コールマン、です」

「これからは婚約者なんだろう？　ファーストネームに決まっているじゃないか」

にっこりと王子様のような笑顔を浮かべ、これからは婚約者だと当たり前のように言った彼が、一体何を考えているのか分からない。

そもそも、彼とは一度も会話をしたことがなかった。けれど、この学園で彼のことを知らない者はいないだろう。

――アーサー・グリンデルバルド様。

この国の筆頭公爵家の長男で、眉目秀麗、成績優秀。伯爵家の長女であるわたしから見ても、雲の上の方だった。学園中の女生徒の憧れの的であり、普通に過ごしていたならば会話をすることもなかったはず、なのに。

……どうしてこんなことになってしまったのか。話は数十分程前に遡《さかのぼ》る。

◇◇◇

「どうしよう、どうしよう、どうしよう……」

「今更どうすることも出来ないでしょう、もう放課後よ。いい加減諦めたら？」

「うう、ひどい……」

机に突っ伏しながら、まるで呪いの言葉のようにどうしようと言い続けていたわたしを、親友であるリリーは冷ややかな目で見つめていた。

「どうしてそんなに嫌がるのよ。グレイ様、素敵じゃない。彼を狙ってる子も多いわよ」

「本当に、あの人だけは嫌なの！」

誰にだって、生理的に駄目な人間というのはいると思う。わたしの場合、それがグレイ・ゴールディング様だった。

伯爵家と雖《いえど》も貧乏な我が家は、昔から裕福な侯爵家のゴールディング家に媚びへつらっていて、そんな中でわたしと彼は幼馴染として育った。そしてわたしはずっと、彼に虐げられ続けていたのだ。トラウマになるレベルの悪戯や暴言もあった。

それが十年以上続いた今となっては、彼の顔を思い出すだけで食欲が無くなる位だと言うのに。

「よりによって、婚約者だなんて……」


今朝、いつも通り家族で朝食をとっていると突然、『グレイ様と婚約して頂くことになったから、そのつもりでいなさい』とお父様に言われたのだ。

マナーだけはいつも褒められていたわたしだけれど、あまりのショックに持っていたスプーンを思い切り床に落としてしまった。

『い、嫌です！　グレイ様だけは絶対に！』

『あんなに素敵な方、他にいないだろう。どうして嫌なんだ』

『わたし、実はお付き合いしている人がいるんです。その方と結婚も考えています……！』

そしてあまりにもグレイ様との結婚が嫌だったわたしは、咄嗟に結婚を考えている恋人がいるという、突拍子もない嘘をついてしまった。そんな話、信じろという方が無理がある。けれどもう、後には引けない。わたしは固く掌を握りしめると、お父様に向き直った。

『アリス、それは本当なのか』

『ええ。後日ご紹介しますので、どうかグレイ様との婚約はなかったことにして頂けませんか』

『急にそんな事を言われてもだな……。相手は一体どこの誰なんだ』

『ええと、簡単に口にできないほど高貴な方なんです』

『ゴールディング家にも、断りの理由はしっかりお伝えせねばならないだろう。今日学園が終わり次第、その相手とやらを連れてきなさい。話はそれからだ』

『き、今日ですか？』

『今日連れて来なければ、このまま婚約は進めさせてもらう』

きっとお父様も、結婚を考えている恋人がいるだなんて嘘だとわかっていたに違いない。だからこそ、今日連れてこいだなんて無理を言ったのだ。ゴールディング家との繋がりは、今や我が家にとって生命線になっていた。

貴族として生まれてきた以上、いつかは政略結婚をするとわかっていたし、親が決めた相手に文句は言うまいと思っていた。それでも、グレイ様だけはどうしても嫌だった。

……とにかく、今日中に誰か恋人役を連れてこなければ。

その後、気合を入れていつもより早く登校したものの、お付き合いしている男性どころか異性の友人すらいないという事実に、わたしは絶望していた。グレイ様のせいで、少しばかり男性が苦手になってしまっていたのだ。完全に詰んでいる。そうしてどうしようと悩み続けているうちに、あっという間に放課後になってしまったのだった。


グレイ様と結婚なんてすれば、わたしの人生は間違いなく終わる。

そもそも、どうして彼は嫌いなわたしなんかと婚約しようと思ったのだろう。性格は悪いけれど、グレイ様は家柄も顔も良い。選り取りみどりなはずだ。

不思議で仕方がないけれど、今はそんなことを考えている場合ではない。

「決めたわ」

「えっ？」

「今から校門に行って、そこを通った方に順番に婚約を申し込む。グレイ様以外なら、もう誰でもいい。沢山声をかければ、誰か一人くらい受けて下さるかもしれない」

「ちょ、ちょっとアリス落ち着きなさい！　あなた、正常な判断が出来なくなっているわよ！」

「わたし、もう行くね。また明日、リリー」

そうして校門へと来たものの、いざとなると心臓が押し潰されそうなくらいに緊張してきた。男性にあまり免疫がないというのに、いきなり婚約を申し込むだなんてハードルが高すぎる。やっぱりやめようか、いやでもグレイ様は嫌だし、とそんな考えがぐるぐると頭の中で渦巻き、パンクしそうになっていると、不意に人の気配がした。

追い詰められすぎたわたしは、半ば自棄になっていたのだろう。もうどうにでもなれときつく目を瞑り、顔も見ないまま、通りがかったその人に言ったのだ。

「あの、わたしと婚約して頂けませんか⁉」

と。そうして冒頭に至る。


「ア、アリスです。アリス・コールマンと申します」

「アリスか、可愛い名前だね。俺のことは好きに呼んでくれて構わない。用事があるから今日はもう行くけれど、これからよろしく」

そう言うと彼は、わたしの人生の中でとびきり一番美しい笑顔を浮かべ、待たせていたらしい馬車の中に消えて行った。その場に立ち尽くし、豪華な馬車が見えなくなるまでぼんやりと見つめていたわたしは、やがてへなへなと座り込んだ。

「アリス！　あなた今アーサー様と話していなかった？　まさかあのアーサー様に馬鹿なことを言ったんじゃないでしょうね」

跡を追いかけてきたらしいリリーに軽く頭を小突かれ、ようやく我に返る。

「……婚約、してくれるって」

「はあ？　何寝ぼけたこと言ってるのよ」

「確かに、夢、よね」

冷静になって考えてみれば、あのアーサー様が初対面の令嬢による婚約の申し出など、受けるはずがない。今のは現実逃避しすぎたせいで見た幻だったのだろう、と自分に言い聞かせた。そもそもあれが現実だったところで、今日連れてこいというお父様の条件は満たせないのだ。

とりあえず今日はもう帰って休みなさい、と言ったリリーの目は完全に哀れみに満ちていて。心身ともに疲れてしまったわたしは、彼女の言う通り今日のところは大人しく家に帰って休み、それから他の方法を探そうと決めたのだった。

そうしてふらふらと帰路についたわたしは、この出来事が夢や幻ではなかったことを、帰宅と同時に知ることになる。

夢なんかではなく

「アリス！　よくやった！」

帰宅した瞬間、お父様とお母様がすっ飛んできて、数十年ぶりの再会かとでも言うくらいに手厚く出迎えてくれた。わたしが恋人を連れて帰って来れず、グレイ様との婚約が決まったからこそ喜んでいるのだろうと思っていたけれど、聞こえてきたのは予想外すぎる言葉だった。

「ゴールディング家には申し訳ないが、公爵家からのお話をお断りする訳にはいかないからな。アリスの望み通り、グレイ様との婚約は無かったことにしてもらおう」

「……本当、ですか？」

公爵家という聞き慣れない言葉に疑問は残るものの、なぜだかグレイ様との婚約は無くなったらしい。もちろん飛び跳ねたいくらいに嬉しいけれど、一体どういう風の吹きまわしだろうか。

「先程グリンデルバルド家から連絡があってな、アリスとアーサー様の婚約について正式なお申し出があったんだよ」

「高貴な方とは言っていたけれど、まさかあのグリンデルバルド家だなんて……さすが可愛いアリスだわ」

「ちょ、ちょっと待ってください」

——さっきのは、幻なんかではなかった？

興奮気味に話す両親を前にして、わたしは嫌な汗がじわりと滲んでくるのを感じていた。

正式な婚約だなんて、本当に待って欲しい。あのアーサー様が本当に、突然現れた初対面の女に申し込まれた婚約を受け、すぐに手筈を整えたとでも言うのだろうか。そうだとしたら余程変わった方というか、むしろ変だ。絶対におかしい。

「すぐに承諾のお返事をさせて頂いたからもう安心だ。今後もアーサー様のお気持ちが変わらないよう、良い付き合いを心がけなさい」

「お、お父様！　本当に間違いではないのですか？　本当にグリンデルバルド家が……？」

「ああ、間違いないよ」

「夢心地で信じられないのね。本当におめでとう、アリス」

そう言って二人はわたしを抱きしめた。お母様なんて涙を流している。貧乏伯爵家の娘が公爵家に嫁ぐなんて、夢のまた夢のような話だ。今後コールマン家の安泰は約束されたようなものであり、ゴールディング家とは比べ物にならない程の玉の輿だろう。

こんなに嬉しそうなお父様とお母様を見たのは何時ぶりだろうか。色々聞きたいことや不安なこともあったけれど、なんだか水をさすのも嫌で、言いたいことをぐっと飲み込み自室へと向かった。

ぼふりとベッドに倒れ込み、小さい頃からいつも一緒だったウサギのぬいぐるみのミーティアを、ぎゅっと抱きしめる。

……なんだか、ひどく疲れた。

今日一日で、わたしの人生は信じられないくらいに変わってしまったような気がする。なんだか全て他人事のようで、現実味がない。瞳を閉じればすぐに、睡魔が襲ってきて。

アーサー様は今、何を考えているんだろうか。そんなことを考えながらわたしは意識を手放した。

◇◇◇

――夢かと、思った。

「わたしと婚約して頂けませんか⁉」

ずっと、ずっと見ているだけだった彼女が、突然通りすがりに婚約を申し込んできたのだ。

まさに青天の霹靂《へきれき》だった。何かの間違いでもなんでもいい。何か事情があってもいい。

彼女の方から俺に話しかけてくれた、という奇跡のような事実だけで十分で。

『こちらからは関わらない』という、自分の中で立てた長く苦しい誓いが消えた瞬間だった。

「……いいよ、婚約しようか」

喜びや動揺を顔に出さないよう必死に冷静を装い、笑顔でそう答える。何年も何年もずっと、夢見ていた彼女との会話の一言目がこれだなんて、誰が想像できただろうか。

そう言った瞬間、彼女が俯いていた顔をパッと上げて、目と目が合った。彼女の瞳に自分が映っている。たったそれだけで、泣きそうになった。

ああ、可愛い可愛い可愛いアリス。

このまま抱きしめてしまいたくなる衝動を抑えて、笑顔を浮かべた。

「君の名前を教えてくれないかな」

本当は、彼女のことはよく知っていた。彼女の名前も、友人の名前も、好きな食べ物も、好きな本や動物も。けれど、悟られてはいけない。彼女の中で、俺たちは初対面なのだから。

「アリスか、可愛い名前だね。俺のことは好きに呼んでくれて構わない。用事があるから今日はもう行くけれど、これからよろしく」

まだまだ彼女といたい、話したい。その気持ちをぐっと押さえつけて馬車に乗り込んだ。

まだ、浮かれるな。先にすべきことは山ほどある。これ程のチャンスを、絶対に無駄にできるはずがなかった。頭の中をフル回転させ、今後のことについて必死に考える。

まずは今から会う予定だった両親を説得し、すぐにコールマン家に正式な婚約を申し込まなければ。もし先程の彼女の言葉が何かの間違いだったとしても、ありとあらゆる手を尽くし、決して揺るがないものにしてみせる。

「……アリス、愛してる」

一生胸に秘めているつもりだったこの気持ちを、初めて口に出してみる。

それだけで、言葉に出来ないくらいの幸福感に包まれたのだった。

君だから

――やっぱり、夢じゃなかった。


「やあ、アリス」

「ご、ごきげんよう……！」

すれ違い様にアーサー様がお声を掛けてくださるなんて、昨日までのわたしにはあり得なかったことだ。あまりにも眩しい笑顔に目が眩む。周りにいた生徒達も皆、アーサー様がわたしに声をかけているのを見て、信じられないという顔をしていた。

アーサー様が家柄の良い、限られたご友人達としか関わりを持たないというのは有名な話だ。学園一美しいと言われている、侯爵家のご令嬢であるスカーレット様のお誘いですら一蹴したという話もまた然り。

心に決めた人がいるのではないかとか、実は仲の良いご友人のノア様と禁断の関係なのではないかとか、女子生徒達の噂は日々増長していくばかりだった。

「ア、アリス……。まさか昨日の、本当に？」

「こちらのご令嬢は君の友人かな？　初めまして、アリスの婚約者のアーサー・グリンデルバルドだ。これからよろしく」

「も、もちろん存じ上げております、アリスの友人のリリー・クラークと申します」

そしてアーサー様の登場に誰よりも驚いていたのは、わたしの隣にいたリリーだった。

昨日、哀れみに満ちた目を向けてきた彼女は、あのあと起こった出来事について説明したところで、絶対に信じないだろうと思ったのだ。だからこそ、何も話していなかった。

……当の本人であるわたしですら、こうしてアーサー様に話しかけられるまでは、昨日の出来事が現実だといまいち信じられずにいたのだけれど。

早速、さらりとわたしの婚約者だと名乗ったアーサー様に驚き顔を上げれば、「何か問題でも？」と言いたげな笑顔を向けられた。

「二人はこれから昼食を？」

「はい。ですが私、急用を思い出しました。後はどうぞお二人で」

「ちょ、ちょっとリリー！」

それだけ言うと、彼女はあっという間に視界から消えてしまった。気を利かせたのか、理解が追いつかず逃げたのか。

どちらにせよ、わたしはアーサー様と二人きりになってしまったのだった。

「では、お言葉に甘えさせてもらおうかな」

「えっ？」

「アリスは俺と二人で昼食をとるのは嫌？」

「そ、そんなことはないです！　喜んで」

「良かった、嬉しいな」

彼は嬉しそうに笑い、アイスブルーの切れ長の瞳が柔らかく細められる。

アーサー様もこんな顔をするんだと思わず見とれていると、案の定、周りにいた女子生徒達からは悲鳴に似た黄色い声が漏れていた。

「いつも君は学食で？」

「はい」

「それなら、学食に行こうか」

後から知ったのだけれど、アーサー様はいつもお抱えのシェフが作ったランチをご友人達と食べていたらしい。学食はこの日、わたしと行ったのが初めてだったという。全てがスマートすぎて、全く気が付かなかった。

アーサー様はわたしがいつも頼む、サンドイッチのランチセットを頼んでいて。これを頼む人は少ないと以前聞いたのを思い出し、なんだか貴重な仲間を見つけたみたいで嬉しくなった。もしかしたら、気が合うのかもしれないいなんて思ったり。

……まさか彼がそれを見越して頼んでいたなんて、わたしは知る由もない。

彼は当たり前のようにわたしの分まで会計をしてくれて、慌ててお礼を言えば、「可愛い婚約者の分を払うのは当たり前だよ」と言われてしまい、顔が熱くなった。

アーサー様は本当に、絵本の中から飛び出してきた王子様のような人だと思う。

それと同時に、どうしてわたしと婚約してくれたのだろう、という疑問は募っていく。

空いていたテーブルに向かい合うようにして二人で座ると、周囲から刺さるような視線を感じた。

噂一つ立ったことのないアーサー様が、女子生徒と二人で昼食をとっているのだ。それも貧乏伯爵家の娘と。当たり前の反応だった。わたしも野次馬だったなら、思わずじっくり見てしまっていたに違いない。

けれど彼は、周りの視線など気にならないといった様子で、微笑みながらこちらを見つめている。

むしろ、わたしの顔を見ているばかりで全く食事に手をつけていない。

「あの、アーサー様」

「…………っ」

「どうかされました？」

「……もう一度、名前を呼んでくれないか」

「アーサー様？」

わたしがそう言うと、彼は口元を押さえて俯いた。気のせいだろうか、顔が赤いように見える。

「……ここが、学食でよかった」

「どうかされましたか？」

「いや、こちらの話。気にしないで」

そう言うと、アーサー様はようやく食事に手をつけた。

しばらく無言が続いた後、わたしはずっと気になっていたことを尋ねてみることにした。

「今更ですけれど、どうしてわたしと婚約をして下さったんですか？」

「君が申し込んでくれたからだけど」

「そ、それはそうなんですが……。そもそもアーサー様はわたしなんかと釣り合わないですし、いきなりの事だったのに、すぐに正式に申し込んで下さった理由とか、色々気になって」

そこまで言うと、アーサー様はそんな事かとでも言いたげに微笑んだ。

そして彼は、無造作にテーブルの上に置いていたわたしの左手に、そっと自身の手を重ねた。突然のことに驚きつつも、少し冷たいその手は何故かとても心地よくて。

――わたしは、この手を知っているような気がした。

「君だからだよ」

「えっ？」

「アリスだから。君以外に、こんな事はしない。それに釣り合わないなんてことはないよ、むしろ俺が君に釣り合わないくらいだと思ってる」

アーサー様のあまりにも真っ直ぐな視線に耐えられなくなり、わたしは逃げるように俯いた。心臓が信じられないくらいに早鐘を打っている。

わたしだから、なんて意味がわからない。アーサー様がわたしに釣り合わないだなんて、もっと意味がわからなかった。けれどこれ以上深く尋ねる余裕など、わたしにはなかった。

「顔、真っ赤だよ」

「ア、アーサー様のせいです」

「それは嬉しいな。アリスさえよかったら、明日も一緒に食べようか」

そうして明日も二人で昼食をとる約束をした後、彼はわたしを教室まで送ってくれた。

その後、リリーを含むクラスメート達に質問攻めにあったのは言うまでもない。

◇◇◇

「……グレイ・ゴールディング、か」

「はい。彼が原因だったようです」

「俺があの時一番最初に通らなければ、アリスは他の男に婚約を迫っていたんだと思うと、気が狂いそうになるよ」

「それでも、アリス様がお声をかけたのはアーサー様ですから。私は運命だと思っています」

「運命、か。グレイ・ゴールディングについて、より詳しく調べておいてくれ」

「かしこまりました」

……こちらからは関わらないと決めていたものの、少しでも彼女のことを知りたくて、彼女のクラスに家来であるビクターを置き、彼女がその日どんなことをして、誰とどんな話をしていたのかということを毎日報告させていた。

今や彼女の友人関係はもちろん、数学が苦手でよく居眠りしていることや学食で好きなメニューだって知っている。この事を知ったら彼女はどう思うだろう。気持ちが悪いと軽蔑するだろうか。

毎日彼女についての話を聞き、彼女のことを思い、遠くから見つめるだけの日々だった。

『アーサー様？』

だからこそ彼女に自分の名前を呼ばれることが、こんなにも幸福なことだとは知らなかった。あの甘い声を思い出すだけで、頬が緩む。

ずっと、遠くから見ているだけでいいと自分に言い聞かせていた。

そうしているうちに、いつしか本気でそう思うようになっていた。

けれど一度彼女の視界に入り、言葉を交わし、触れてしまえばもう駄目だった。もっと触れたい、彼女を自分だけのものにしたいという衝動が止まらない。

この十年、大切に大切にしまっていたはずの彼女への想いはとめどなく溢れ、呪いのように俺を蝕んでいく。

「……何も望まないと、決めていたのにな」

愚かな俺はいつの間にか、彼女に愛されたいと願ってしまっていた。

わからないことばかり

「本当にアーサーが女の子といる」

「うわ、ほんとだ！　信じられない」

アーサー様と二人で昼食をとるようになり、数日が経った。未だ緊張はしているものの、ようやく食べ物の味くらいはわかるようになってきた、そんなある日。

わたしの前に現れたのは、彼の友人であるノア様とライリー様だった。彼らは家柄も見目も良く、入学当初から女子生徒の憧れの的で。三人はとても仲が良く、家族ぐるみの付き合いもあるという。

噂話に疎いわたしでも、彼らのことはよく知っていた。

「紹介していなかったね、俺の婚約者のアリスだ。こちらは友人のノアとライリー」

「よろしくお願いいたします」

「こちらこそよろしくね、アリスちゃん」

「えー、可愛い！　アーサーもやるじゃん」

アーサー様にノア様、ライリー様の三人が揃っている今、学食中の視線がこの席に集まっていると言っても過言ではなかった。その中に一人混ざる凡人のわたしは、刺さるような視線を全身に浴び、いたたまれない気持ちになっていた。完全に針のむしろだ。

「付き合いが悪くなったと思ったら、本当に女絡みだったとはなあ」

「しかも親が決めたんじゃなくて、アーサーが必死に頼み込んだって聞いて余計に驚いたもん」

「公爵夫人なんてアーサーの我儘なんて初めてで、嬉しくて泣いてたって聞いたぞ」

「……頼むから、それ以上話すのはやめてくれないか」

アーサー様は片手で顔を覆い、深い溜息をついた。二人は「アーサーが赤面してる……！」と言い、信じられないものを見たような表情をしている。

一方、わたしはというとライリー様が言っていた、必死に頼み込んでいたという言葉に驚きを隠せずにいた。アーサー様がご両親にわたしとの婚約を必死に頼み込む理由など、いくら考えても見つからないのだ。彼が以前言っていた、『わたしだから』という言葉が頭をよぎる。

……アーサー様にとってのわたしとは、一体何なんだろう。

ずっと気になってはいるものの、彼の方から話してくれない限り教えては貰えないような気がして、あれ以来その話には触れていなかった。

「そう言えば、アリスちゃんをどこかで見たことがある気がするんだよね」

そう言ったのはライリー様だった。

「あの、グレイ様とお知り合いですよね」

「グレイ？」

「グレイ・ゴールディング様です。ゴールディング家主催のパーティーで、ライリー様にご挨拶させて頂いたことがあります」

わたしの言葉に、ライリー様は「ああ！」と納得した様子だった。

ゴールディング家で開催されるパーティには必ずと言って良いほど呼ばれており、ライリー様とお会いしたのは、確か一年ほど前だったと思う。

グレイ様の傍からは一時も離れることは許されず、周りには俺のものだとか散々な紹介をされ、ひたすらに惨めな思いをしていた。本当に忘れたい過去だ。

「てっきり、グレイの恋人なんだと思ってた」

「おい、アーサーの前でやめろよ」

「こ、恋人だなんて……！　本当に幼馴染みたいなもので」

「だって絶対あいつアリスちゃんのこと、」

「えっ？」

その瞬間、ふわりとわたしの両耳はアーサー様の両手によって覆われ、ライリー様のその先の言葉は聞き取れなかった。彼の両手に触れられているというだけで、心臓が大きく跳ねる。

やがて手が離されると、皺一つない袖からはとてもいい匂いがして、くらりと目眩がした。

「……ノア」

「わかったわかった、悪かったって！　ライリー、行くぞ。お前だってまだ死にたくないだろう」

ノア様は溜息をつくとライリー様の腕を掴み、無理矢理連れて行った。

「騒がしくてごめんね、悪い奴らではないんだ」

「はい、わかっています。けれど、グレイ様の恋人だなんて言われて驚きました。他にもそんな勘違いをされている方がいると思うと……。本当にわたしはグレイ様が、」

そこまで言いかけたところで、アーサー様の人差し指がわたしの唇に触れた。

彼のその動作はあまりにも自然で、あまりにも綺麗で。わたしは息をすることも忘れ、彼に見惚れてしまっていた。

「他の男の話はもういいよ」

「……アーサー、様？」

「アリスは、俺を選んでくれたんだろう」

「…………っ」

「それなら俺だけを見て、俺のことだけ考えればいい」

わたしの頬にそっと右手を添えると、アーサー様は縋《すが》るような瞳でわたしを見つめた。視線を逸らせずにいると、彼の瞳の中に映る間の抜けた顔をした自分と目が合った。

……どうして、アーサー様はそんなことを言うんだろう。どうして、こんなにも胸が苦しいんだろう。どうして、悲しくもないのにわたしは泣きそうになっているんだろう。

本当に、彼と出会ってからは訳がわからないことばかりだ。

◇◇◇

「断られた？　コールマン家に？」

「は、はい。そのようです」

「何かの間違いじゃないのか。あの貧乏伯爵家が、我が家の申し出を断る筈がないだろう」

「それが、その……」

何故か口籠もる執事に、苛立ちが募る。コールマン家に申し込んだ婚約が断られるなど、有り得るはずがない。アリスはともかく、あの家には長らく援助をしてきたのだから。

「……アリス様は、グリンデルバルド公爵家のアーサー様とのご婚約が決まったそうです」

「…………は？」

何を言っているのか、わからなかった。信じられないその言葉に、いよいよこの執事もボケたのかと思わざるを得ない。背中越しに聞こえてくる執事の声を無視し、急いで父の元へ確認しに行く。

そしてそれは紛れもない事実だと、すぐに思い知らされた。目の前が真っ暗になる。

残念だったなという父の表情は、言葉とは裏腹に嬉しそうに見えた。元々、こちらにとっては何一つ得がなかった婚姻話がなくなったのだ。その上、今まで散々恩を売っていた家が公爵家と繋がったとなれば、我が家にとっては吉報なのだろう。

……あのグリンデルバルド家がコールマン家と婚約だなんて、信じられる筈がない。

あんな貧乏伯爵家の娘を嫁にもらったところで、なんの得にもならないのだ。俺だって、両親からあんな家よりも、もっと良い家柄の娘と結婚しろと長い間説得されてきた。それでも必死に頼み続け、ようやく申し込むことが出来たというのに。

公爵家の長男ならば、家柄のいい美しい娘を国中から選り取りみどりなはずだ。けれど俺には、アリスしかいない。ずっとずっと、アリスだけを見て手元に縛りつけてきたのだ。

ふらふらと自室に戻りソファに倒れ込むと、俺は一人乾いた笑い声を上げた。

アリスを手に入れる為にひたすら努力をし、親の言うことも全て聞いてきた。彼女に群がる邪魔な奴らも全て、排除してきた。

その結果がぽっと出の奴に持っていかれて終わりだなんて、信じられるはずがない。こんな喜劇があってたまるかと、きつく掌を握りしめた。

――絶対に、逃がしてなんかやらない。

新しいわたし

アーサー様と婚約してから、半月が経った。

学園がある日には一緒に昼食をとり、時折グリンデルバルド家の馬車で送迎してもらうという生活をしていたけれど、わたしにとっては未だに毎日が非日常だった。

我が家のものとは比べ物にならないほど広い馬車の中では、必ずぴったりとくっつく距離で隣に座らされていた。お蔭で、初めて送って頂いた日の記憶はほぼ無い。

この半月は毎日のように顔を合わせているというのに、彼はわたしの顔を見る度に「今日も可愛いね」と嬉しそうに笑うのだ。

そのうち心臓発作で倒れるのではないかと、本気で思っていたある日。

「お誕生日パーティ、ですか？」

「ああ。ノアの妹のリナリアの十六歳の誕生日パーティに、是非アリスと参加して欲しいと言われてね。その日は俺の両親も参加するから、君さえ良ければ是非会ってもらいたい」

昼食後、テラスでお茶をしながらそんなお誘いを受けたわたしは、笑顔でティーカップに口をつけながらも、内心ひどく動揺していた。アーサー様のお気に入りだという、長い名前の高級な紅茶もまったく味がしない。

……いつかは必ずこういう日が来るとは思っていたけれど、いざアーサー様の婚約者として社交の場に出ると思うと、正直かなり気が重かった。

あのノア様の妹様の誕生日パーティだ。盛大なものに違いない。その上、アーサー様のご両親にご挨拶をするなんて、わたしには荷が重すぎる。

けれどももちろん断るなんて選択肢があるはずはなく、「喜んで」と笑顔で答えた。

「ありがとう、二人で行くと返事しておくよ」

「はい。楽しみにしていますね」

「ああ、そうだ。その日のドレスは俺が用意してもいいかな」

「アーサー様、ドレスなら先日たくさん頂いたので大丈夫です」

——先日、アーサー様はわたしの両親に挨拶をするため、我が家を訪れた。その際、数え切れないくらいのドレスや靴、アクセサリーなど、沢山のプレゼントを贈って下さったのだ。

わたしが持っているドレスを数着合わせてやっと、頂いたドレスの一着分になるくらいの値段のものばかりで、目眩がした。中でもブルーサファイアの大粒のネックレスは、これひとつで馬車が買えるのではというくらい高価なものだった。

さらに両親にも高級なお酒や嗜好品などを頂いてしまい、両親はひれ伏す勢いで娘をよろしくお願いしますと頼み込んでいて。恥ずかしさで謝ってばかりいるわたしに、アーサー様は「君の両親に気に入って貰えたならよかった」と微笑んでいた。

婚約して頂いただけでもありがたいというのに、これ以上高価なものを頂く訳にはいかない。

「あれは普段着にしてもらえればいいよ」

「あんな高級なドレス、普段着になんてできるはずありません。本当に、十分ですから」

「……君を初めてエスコートする日だから、特別なものを贈りたいと思ったんだ。迷惑だった？」

そう言って、アーサー様は捨てられた子犬のような顔でわたしを見つめた。

……本当に、ずるい。その顔でそんなことを言われて、断れる女性がいたら教えて欲しい。

◇◇◇

「こんな素敵なドレス、生まれて初めて見ました……」

リナリア様の誕生日当日、我が家の数少ないメイドの一人であるハンナは、アーサー様から頂いたドレスをうっとりと見つめていた。最先端の流行の形をした淡いブルーのドレスには、細かな宝石が散りばめられている。華やかで高級感のある、素晴らしいものだった。

恐る恐る袖を通し、ドレスを身に纏う。驚くほどに着心地が良くぴったりで、胸が弾む。まさか自分が、こんなにも素敵なドレスを着られる日が来るとは思わなかった。

「とても良くお似合いです！」

ハンナは興奮気味にそう言うと、いつもの様にわたしを化粧台の前に座らせ、髪を結い始めたけれど。彼女は突然、ぴたりとその手を止めた。

「あの、お嬢様。今日の髪型や化粧は、私にお任せ頂けないでしょうか？」

「もちろんいいけれど、なにかあった？」

「お嬢様はこんなにもお綺麗なのに、いつも最低限のお化粧と地味な髪型ばかりじゃないですか。何か事情があるのはわかっていましたけど、私、いつもやるせなくて……。ですから今日は、このドレスに合うよう精一杯やらせて頂けませんか」

「……ありがとう、是非お願いするわ」

そう言って笑顔を向けると、ハンナは「ありがとうございます！」と嬉しそうに頭を下げた。

メイドの彼女にまでそんな気苦労をかけていたとは知らず、内心ひどく胸が痛んだ。

「こんな日に備えて、最新のお化粧や髪型、勉強していたんです」

「ふふ、楽しみ」

今までは、わたしが社交の場に出る時には必ずグレイ様同伴だったから、地味なドレスに最低限の化粧、シンプルな髪型を義務付けられていた。もちろんわたしに拒否権などない。

『お前なんか誰も見ていない、地味な顔に似合った格好をしろ』それがグレイ様の口癖だった。

周りの令嬢達が着ているような、明るい色のレースや宝石がついたドレスにも憧れてはいたけれど、グレイ様の怒りを買ってまで着たいとは思えなかった。

――忘れもしない、七歳の頃。お母様に頂いたアクセサリーを着けて出かけ、皆に可愛いと褒められたことがあった。けれどすぐにグレイ様に見つかり、髪を引っ張られ、アクセサリーは踏み潰され、「お前みたいな不細工は、こんなものをつけるな」と、怒鳴られた。

今思えばあまりにも理不尽だけれど、当時のわたしは子供ながらに「グレイ様と仲良くね」という両親の言いつけを守らなければと思い、必死に我慢し続けた。

……ああ、本当にグレイ様と婚約せずに済んでよかった。

やがて、ハンナの「出来ましたよ！」という明るい声に目を開ければ、美しいドレスに劣らない、新しいわたしと目が合った。

本当に、今までの自分とは別人のようだ。まるで生まれ変われたような、そんな気分になる。

迎えが来たとの知らせを受け、胸元で輝くブルーサファイアのネックレスに負けないよう背筋を伸ばすと、わたしは扉を開けた。

そこにはタキシードに身を包んだ、王子様のようなアーサー様がいて。そんな彼に見惚れてしまったわたしは、伝えようと思っていたドレスのお礼も何もかもが頭から飛び、言葉を失った。

「…………………」

「…………………」

そして何故か彼もまた、こちらを見て固まっている。

「……あの、変、でしょうか」

先に冷静になりそう尋ねると、アーサー様は口元を手で覆った。

そんな彼の顔は、既に薄暗いこの時間でもはっきりとわかるくらいに赤く染まっている。

「世界一、綺麗だ」

そしてわたしもまた、彼と同じくらい真っ赤になっていたに違いない。


会場に着き、まずは主役であるリナリア様の元へ挨拶に行く予定だったけれど、入口付近にアーサー様のご両親がいるらしく、先にそちらに挨拶をすることになってしまった。

わたしはまだ心の準備が終わっておらず、今すぐ逃げ出したくなっていた。

突然息子が婚約者として連れてきた、何処の馬の骨ともわからない貧乏伯爵家の娘に、いい印象などあるはずがない。わたしは今、間違いなく人生で一番緊張していた。

「彼女がアリスです」

「お初にお目にかかります、アリス・コールマンと申します」

筋肉痛になるくらいに練習した礼をし、ゆっくりと顔を上げる。

そうして視界に入ってきたのは、恐ろしいくらいに整った顔立ちをした男性だった。

見るからに険しい表情をしていて、一瞬でわたしの心は折れかけた。けれど、目と目が合った瞬間、アーサー様と同じ色の瞳が驚いたように見開かれた。

「君は、まさか……」

そして何故か、公爵様はわたしの顔を見たまま黙り込んでしまう。

何か粗相をしてしまったのかと、冷や汗が止まらない。けれどやがて、「そういう事だったんだな」と呟くと、その表情はひどく穏やかで優しいものに変わっていた。

「アーサーのこと、よろしく頼んだよ」

「こちらこそ、よろしくお願い致します」

理由はわからないけれど、なんとか認めて貰えたらしい。

公爵様はアーサー様の肩を叩くと、耳元で何かを囁き、その場を去っていった。隣にいた公爵夫人も儚げな美人で、アーサーをよろしくね、と柔らかく微笑んでくれた。

「アリスのこと、気に入ったみたいだよ」

「それなら、よかったです……」

一気に緊張の糸が切れて、ほっと胸を撫で下ろす。

それにしても、わたしを見た時の公爵様の反応が引っかかる。まるでわたしのことを知っていたかのように見えた。けれどいくら考えても答えは出ず、わたしはアーサー様に手を引かれ、リナリア様の元へと向かったのだった。

◇◇◇

「あなたがアリス様ね！　お会いできて嬉しいわ」

会場内にいる沢山の着飾った令嬢の中でも、一際目立つ美少女。それがリナリア様だった。

全てにおいて洗練されている彼女は、髪や爪の先まで輝いている。それでいて笑顔は花のように可愛らしく、同性といえども見惚れてしまう。

そのすぐ隣にはノア様がいて、悪戯っぽい表情を浮かべアーサー様の肩を小突いていた。

「今日のアリスちゃん、とても綺麗だね。ドレスもアクセサリーも、お前が贈ったんだろう？　ほんっと、独占欲強いのな」

「余計なことを言うな」

「まあ、こんなアーサー様が見られる日が来るなんて。アリス様はとても愛されているのね」

「あ、ありがとうございます……」

思わずお礼を言ってしまったわたしと少しだけ顔の赤いアーサー様を見て、リナリア様は鈴を転がしたような可愛らしい笑い声を上げた。

「リナリア様、御機嫌よう」

「サラ様！　来てくれたのね」

わたし達の次に彼女の元へとやってきたのは、見事なブロンドの髪がよく似合う美しい令嬢だった。服や仕草からも、家柄の良さが滲み出ている。サラ様と呼ばれた彼女は、リナリア様のご友人らしく、二人は楽しそうに話をしていた。

アーサー様もノア様と話し込んでいて、わたしは一人近くにあったテーブルからグラスをひとつ手に取ると、一息ついた。

……あ、これ、すごく美味しい。

「サラ様、なんだか今日は嬉しそうね」

「そんなにわかりやすいかしら？　今日、お父様に紹介された方と一緒に来たのだけれど、お会いしてみたらとても素敵な方だったの！　とても格好良くて、優しくて……」

「貴女がそこまで言うなんて、余程なのね。是非お会いしたいわ」

「途中で知り合いに会って挨拶していたから、もうすぐ来ると思うわ。本当、このまま婚約が決まってもいいくらいよ」

「まあ！　サラ様ったら」

　グラス片手に立っていると、そんな二人の会話が耳に入ってきて。アーサー様の他にも、そんなに素敵な男性がいるんだなんて思っていると、不意にサラ様と目が合った。

「もしかして、そちらは噂のグリンデルバルド様の婚約者の方かしら？」

「そうよ、アリス様というの。素敵な方でしょう？」

　急に話題が自分に移ったことに驚きつつ、わたしは笑みを浮かべた。

「初めまして、アリス・コールマンと申します」

「サラ・スペンサーです、お会いできて嬉しいですわ。流石グリンデルバルド様が選んだ方ね、すごく綺麗。ね、グレイ様？」

　そう言って彼女が振り返った先には、見間違うはずもないグレイ・ゴールディング様その人がいて。わたしは思わず、手に持っていたグラスを落としてしまったのだった。

幼馴染

手のひらから滑り落ちていったグラスが、カシャンと軽い音を立てて割れ、わたしはようやく我に返った。それに誰よりも早く反応し、わたしの側へと来たのはグレイ様だった。

「アリス、怪我は？」

「だ、大丈夫です、すみません……！」

「破片が危ないから離れた方がいい、こっちへおいで」

――これは一体、誰だ。

わたしの知っているグレイ様ならばこんな時、「本当にお前は鈍臭いな、役立たず」くらいは言うはずだ。それに加えて二言三言、罵る言葉があってもおかしくない。

それなのに優しい言葉をかけられるなんて、夢でも見ているとしか思えない。言いようのない恐怖に襲われ、破片が刺さった方がまだマシだったかもしれないとさえ思った。

「アリス様、大丈夫でしたか？」

「はい、大変失礼致しました」

「これくらいよくあることですから、気になさらないで。それよりも、お二人は知り合いで？」

そう言って、リナリア様はわたしとグレイ様を見比べた。その後ろにいるサラ様も、少し不安げな表情でこちらを見ている。

そこでようやく、自身の肩にグレイ様の腕が回っていることに気がついた。そうっと抜け出そうとすると、余計に強い力で抱き寄せられてしまう。

「すみません。つい、いつもの癖で。アリスと僕は長い付き合いで、幼馴染というよりも家族みたいなものなんです」

「まあ、そうでしたの。グレイ様のような素敵な幼馴染がいるなんて、アリス様が羨ましいですわ」

「そ、そう、ですね……」

「アリスは昔から、僕がいないと駄目で」

グレイ様は爽やかな笑顔を浮かべ、聞いたことも無い僕という一人称を使い、いつものこと、家族みたいなもの、アリスは僕がいないと駄目、などと恐ろしい言葉を並べ立てている。

恐る恐る隣を見上げれば、思いきり視線がぶつかった。いつもならば逃げるように視線を逸らしていたけれど、いつまでもやられっ放しは悔しい。内心怯えながらも、わたしは軽く睨みつけるように彼を見つめ続けた。

こんなに間近で見ても、その整った顔には非の打ちどころがない。輝くような黒髪、鼻筋の通った高い鼻、長い睫毛に縁取られた燃えるようなルビー色の瞳、形のいい薄い唇、肌荒れひとつない陶器のような肌。本当に、昔から顔だけは良いのだ。

グレイ様の前では俯いてばかりいたせいで、久しぶりに彼の顔をまともに見た気がした。

すると突然、グレイ様は勢いよくわたしから視線を逸らした。黒髪の隙間から見える耳が、赤い。

「あの、グレイ様」

幼馴染だなんだと言っても、婚約者のいる身でこの体勢はよろしくない。グレイ様なら、そんなことくらいわかっているはずなのに。

そして、いい加減この手を離してくれませんか、と言おうとした瞬間、突然視界がぶれた。

気がつけば、温かくて優しい匂いに包まれていて。アーサー様に抱きしめられているのだとすぐに気が付いた。思わず彼の名前を呟くと、きつく抱きしめられる。

「一人にしてすまなかった。次々と知人に捕まって、中々抜けられなかったんだ」

「わたしなら大丈夫です。お気になさらないでください」

「本当にごめんね。……アリス、こちらは？」

アーサー様はわたしを抱きしめたまま、グレイ様へと視線を移す。抱きしめられているせいでその表情ははっきりとは見えないけれど、いつもより声に鋭さがある気がした。

「グレイ・ゴールディングです。初めまして」

「アーサー・グリンデルバルドだ。貴方には一度礼を言いたかったんだ、会えて嬉しいよ」

「礼、と言いますと？」

「今まで、アリスを守ってくれていたんだろう？　そのお蔭でこうして出会えたんだ、感謝してもしきれないくらいだ」

「……なるほど、それは勿体ないお言葉で」

守られるどころかひどく虐げられてきました、と言いたいところだったけれど、わたしは大人しく黙って二人を見つめていた。

笑顔の彼らの間に流れる空気は恐ろしい程冷ややかで、どう考えても口を挟める雰囲気ではない。

「グレイ様は、妹離れできないお兄様のようね」

二人の様子がおかしいことに気づいたらしいリナリア様が、にこやかにそう言って下さったお蔭で、だいぶ場の雰囲気が柔らいだ。この中で口を開くなど、わたしには到底出来ない。彼女を心の底から尊敬した。

「そんなアリス様がアーサー様と婚約されて、お寂しいでしょう。グレイ様もご自身のお相手を見つけるいい機会では？」

その上、グレイ様を気に入っていらしたサラ様への応援も兼ねているなんて、流石ノア様の妹様だと、わたしはひたすら感服していたのだけれど。

「そうですね。でもまだ、結婚した訳ではないですから。ねえ、アリス？」

そうわたしに向かって微笑んだグレイ様のせいで、全てが台無しだった。

――ああ、わたしはこの表情の意味をよく知っている。

これは、彼がかなり怒っている時の顔だった。

◇◇◇

あの後、グレイ様がサラ様を連れてその場を後にしたことで、場はなんとか落ち着いた。

アーサー様は抱きしめたまましばらく離してくれず、その両腕から解放された後《のち》、二人で挨拶回りをした。彼の知り合いは皆素敵な方ばかりで、楽しい時間を過ごすことができた。

『アーサー様がこんなにも柔らかく笑うようになったのは、貴方のお蔭なのね。本当にお似合いだわ、どうかお幸せに』

今日一日、お世辞も兼ねてたくさんの方に褒めて頂いたけれど、中でもアーサー様を小さい頃からよく知るというご婦人に言われたこの言葉が、一番胸に響いた。沢山のものを貰ってばかりのわたしが少しでも彼に何かを返せていたのなら、それはとても嬉しいことだった。

「アーサー様、少しよろしいでしょうか」

「……アリス、」

「わたしは大丈夫です。少し疲れたので、端の方で休んでいますね」

一通り挨拶を済ませた後も、彼に声をかける人は跡を絶たない。公爵家ともなれば付き合いも大変なのだろう。声をかけた方の様子を見る限り、わたしが居ていい雰囲気ではなさそうで、席をはずすことにした。アーサー様は心配そうな顔をしていたけれど、「本当に大丈夫ですから」と伝え、わたしはその場を離れた。

長時間気を張っていたせいか、一人になった瞬間どっと疲労感が押し寄せてくる。窓際のテーブルへと向かい、苺が浮かんだ可愛らしいグラスに手を伸ばした時だった。

突然、思い切り腕を掴まれたかと思うと、そのまま物凄い勢いで引っ張られていく。

足元まであるドレスのせいでつんのめりそうになりながらも、あっという間にわたしはバルコニーへと連れ出されていた。……ああ、本当に、最悪だ。

「いいご身分だな、アリス」

「グレイ、様」

どうやら、大丈夫ではないらしい。

やさしい手

何が悲しくて日に二回も、グレイ様と顔を合わせなければならないのだろうか。せっかくの楽しい気分が台無しだと、わたしは小さくため息をついた。

どうせまた、いつものように「そんな派手なドレスは似合わない」「お前のような辛気臭いやつがいると、華やかな雰囲気も台無しだな」なんて嫌味を言われると思っていたのに。

「どうして、婚約を断った」

やけに真剣な顔をした彼の第一声がそれで、わたしは思わず間の抜けた声を出してしまった。

「そんなに、あいつがよかったのか」

「……仰っている意味が、わかりません」

「俺より、あいつの方がいいのかと聞いている」

一体、何を言っているのだろう。これではまるで、わたしが婚約を断ったことに対してグレイ様が怒っているようではないか。

そして何より、アーサー様のことをあいつ呼ばわりされたことで、怒りが沸々と込み上げてくる。

そもそも身分が上の方に対してそんな言い方をするなど、到底許されることではない。

「グレイ様がなぜお怒りになっているのかは分かりませんが、お互い婚約などせずに済んでよかったではないですか」

「……は？」

「ですから、グレイ様だってわたしのような嫌いな女と、婚約なんてしなくて済、……っ！」

そこまで言ったところで、わたしはグレイ様によって両腕を壁に押し付けられていた。思い切り壁に打ち付けた背中が、痛い。

……本当に、この人のこういうところがわたしは嫌いなのだ。頭に血がのぼったり、少しでもわたしが彼の思う通りに動かなかったりすると、すぐに手が出るところは昔から変わらない。

やめてくださいと強く言いたいのに、喉からうまく言葉が出てこない。ぱくぱくと金魚のように口を動かすことしかできないわたしは、さぞ間抜けに見えることだろう。幼い頃から十年以上積み重ねてきたグレイ様への恐怖心は、呪いのようにわたしの身体に染み付いていた。

少しばかり見た目を良くして、変わったような気持ちになったところで、結局わたしは変われないのだと思い知らされる。悔しくて涙が零れそうになるのを堪えようと視線を上に向ければ、何故か泣きそうな顔をしたグレイ様と目が合った。

意味が、わからない。泣きたいのはこっちだというのに。

「……俺がいつ、お前のことを嫌いだと言った」

「えっ？」

「俺は、お前が嫌いだなんて一度も言ったことはない」

そう言われてみれば、確かにそうかもしれない。思い返せば、面と向かって嫌いだと言われたことはない気がした。けれど、それ以上に傷つくような言葉は数えきれない程言われてきたのだ。

それがどうした、という感想しか出てこない。

「本当に、お前は馬鹿だ」

「何を、」

「……だが、一番の馬鹿は俺なんだろうな」

消えそうな声でそう呟くと、グレイ様は右手を掴んでいた手を離し、そのまますりとわたしの頬を撫でた。突然のことに、思わずびくりと身体が跳ねる。驚くほどやさしい手つきだった。

明らかに身構えたわたしを見て、グレイ様は今にも泣き出しそうな顔で小さく笑った。

「わあ、思ったより外は涼しいわね」

「ほんとだ、気持ちいい」

不意にそんな声がすぐ近くから聞こえてきて、誰かがバルコニーへと入ってきたことに気づく。

こんな状況を見られては流石にまずいと思ったのか、グレイ様はわたしからぱっと手を離した。助かった、とわたしはその場にへなへなとへたり込む。

そんなわたしを他所に、彼は振り返りもせずにホールの人混みへと消えていった。

彼は一体、何をしたかったのだろうか。本当に、訳がわからない。

……それでも一つだけ確かなのは、わたしは彼が世界一嫌いだということだった。

乱れてしまった髪やドレスを直し、ホールへと戻る。先程まではあんなに楽しい気持ちでいたというのに、今は悔しさや悲しさでいっぱいだった。

アーサー様はどこだろうと会場内を見回せば、かなりの距離があるにも拘わらず、呆気ないほどすぐに彼は見つかった。あまりにも存在感のある彼を、たくさんの女性が頬を染め、うっとりと見つめている。大勢の人がいる中で一際輝いている彼は、まるで違う世界の人のように見えた。

先程の出来事によって卑屈になっていたわたしは、そんな彼に声をかける気には中々なれなかった。何もかもが、遠く感じてしまう。

ぼんやりと遠巻きに見つめていると、彼が何かを探すようにして辺りを見回していることに気がついた。そしてその視線が、不意にわたしのいる方向で止まる。

……あれ、目が、合った。

そして、アーサー様はこんなにも離れた場所にいるわたしを見つけると、どうしようもないほど嬉しそうに笑ったのだ。

その瞬間、わたしは先程悩んでいたことや悲しかったことの全てが、どうでも良くなっていた。

どうしてそんなにも遠い場所から、人混みの中わたしを見つけ出せたのだろう。どうしてそんなに、嬉しそうに笑うのだろう。そんな疑問は尽きないけれど、ひとつだけわかったことがある。

――いつかわたしは、この人を好きになってしまう。

それは、確信めいた予感だった。

◇◇◇

馬車に揺られ、帰路に就く。いつものようにアーサー様のすぐ隣に座っていたわたしは、疲労のせいかかなりの眠気に襲われていた。そんなわたしを見て、アーサー様は眠っていいよと言ってくださったけれど、さすがにそんな訳にはいかない。目を開けているだけで必死だった。

「今日はありがとう。とても楽しかった」

「こちらこそ、ありがとうございました。とても素敵な一日でした。このドレスもアクセサリーも、一生大切にします」

「喜んでもらえたなら嬉しいよ」

そう言って、アーサー様はわたしの頭を優しく撫でた。彼にどろどろに甘やかされて、いつか溶けてしまうのではないかと時々心配になる。

「わたしばかり良くして頂いて……。なにかお返しが出来たらいいのですが、何も思いつかなくて」

「アリスはこうして、俺のそばに居てくれるだけでいい」

「……アーサー様は、本当にずるいです」

ほらまた、彼はわたしを甘やかす。なんだか可笑しくなって、笑みがこぼれた。

眠気のせいもあってか、身体が少し熱くてふわふわする。わたしはぼんやりとしながら、そういえばアーサー様の手は冷たかったなあ、なんてことを思い出していた。

「手を、繋いでもいいですか」

「…………え、」

「えっ、あ、す、すみません！　迷惑でしたら大丈夫ですので！」

ガラス玉のような瞳で呆然とわたしを見つめたまま、完全に固まってしまったアーサー様を見て、わたしは我に返った。睡魔に襲われていたとは言え、なんてことを言ってしまったのだろう。

彼は赤面するわたしの手を取ると、やさしく握りしめてくれた。

「本当にごめん。アリスにそんなことを言って貰えるなんて夢みたいで、これが現実かどうか分からなくなっていたんだ」

「アーサー様って、時々面白い冗談を言いますよね」

「俺はいつでも本気だよ」

アーサー様は完璧に見えるけれど、もしかしたら少しだけ天然なのかもしれない。

「わたし、アーサー様の手が好きです」

少しだけ冷たくて大きなその手は、何故だかとても安心感があって。ほっとするのと同時に、再び瞼が重くなっていく。

「……俺も、アリスの手が好きだよ。君の小さなあたたかい手に、どれだけ救われたかわからない」

そんな呟きは、彼の肩ですやすやと寝息を立てているわたしの耳に届くことは無いまま、夜は静かに更けていった。

初めてのデート

「あの、アーサー様」

「うん？」

「わたしではなく、舞台の方を見てください」

わたし達は今、一体いくらするのかと考えるだけで恐ろしい特等席で、王都で大人気のオペラを観劇している。それにも拘わらず、アーサー様の視線が舞台の方へと向くことはない。

常に隣から感じる熱い視線のせいで、オペラの中身など全然頭に入ってこなかった。

「アーサー様、エミリーが出てきましたよ！　わあ……綺麗……！　さすがこの国で一番と言われている美人ですね」

「そう？　俺はアリスの方が綺麗だと思うけど」

「……アーサー様が言うと、余計に嫌味に聞こえます」

何を言っても無駄な気がしてきたわたしは、せっかくの機会を無駄にすまいと気合いを入れ直し、舞台の方へと向き直ったのだった。

◇◇◇

先週のとある昼休み。毎日昼食をご馳走になっていたわたしは、なにかお礼をしたいとアーサー様に申し出た。そして一瞬、きょとんとした後に彼が出した答えは、休日にデートがしたいというものだった。そんなことでいいのならとすぐに了承すると、彼は子供のような笑顔を浮かべて喜んでいて、わたしまで嬉しくなった。

日にちを決め、どこへ行くかを話し合う。なんだかそのやりとりだけでも楽しくて、胸が躍る。その結果、わたしの人生初のデートは流行りのオペラを見てお茶をする、ということに決まった。

当日。わたし以上に気合いの入っているハンナは、とても可愛く髪を結い化粧を施してくれた。アーサー様に頂いた淡い桃色のドレスを着た鏡の中のわたしは、とても女の子らしい雰囲気で。

「……天使かと思った」

そんなわたしを見て、アーサー様は今日も期待を裏切らない反応をしてくれた。

いざ会場に着いても、「俺のためにこんなに可愛く着飾ってくれたアリスを、誰にも見せたくない」なんて言い出して、しばらく降りようとしなかったくらいに。

全体的に黒でまとめた服装で、光の束を集めたような金髪を片耳にかけていた彼は、目眩がするほどの色気が溢れ出ている。誰もがすれ違いざまに彼を見、すれ違った後もまた振り返っていた。正直、わたしも数えきれない程、彼に見とれてしまっていた。

オペラを見終え、興奮覚めやらぬまま馬車へと乗り込む。行き先は、デートスポットで有名なお洒落なカフェだった。オペラのあとはわたしが何かご馳走したいと言っても、アーサー様は気にしなくていい、行きつけのレストランに連れていきたいと言って譲らない。

けれど、「恋人同士が良く行くという場所に、アーサー様と行ってみたい」と言ったところ、何故か即座にOKが出た。そういう場所に無縁だったわたしは、以前クラスメートの女の子達が話しているのを聞いて以来、ずっと行ってみたかったのだ。

白を基調とした高級感のあるカフェへと入り、案内された席に座る。近くの席の女性達は皆、男性連れであるにも拘わらず、その視線は全てアーサー様に注がれていた。

「こういう場所は初めてですか？」

「もちろん。君は？」

「実はわたしも初めてで、アーサー様と来られて嬉しいです」

「アリスは、俺を喜ばせるのが上手いね」

そう言ってアーサー様が花のように微笑むと、隣からガシャン！　と勢いよくグラスを落とす音がした。……本当に、罪な人だと思う。

「それにしても、素晴らしいオペラでしたね」

「そうだね、思ったよりも楽しめたよ」

運ばれてきた可愛らしいケーキを食べながら、取り留めのない話をする。それだけで、なんだかとてもデートっぽい。向かいに座るアーサー様は、紅茶とアップルパイを頼んでいた。子供の頃からアップルパイが好きなのだと、少し照れくさそうに言っていた彼に思わず笑顔が零れる。

「ラストシーンは思わず涙ぐんでしまいました。あんなに好きでやっと結ばれたのに、ヒロインの幸せのために身を退くなんて……」

「確かに、あのシーンの主人公には尊敬したな」

「尊敬、ですか？」

「ああ。仮に幸せのためだとしても、俺はもうアリスを手放してあげられそうにない」

その甘い言葉と、憂いを帯びたアーサー様の表情のあまりの破壊力に、今度はわたしが危うくグラスを落としかけた。目の前のケーキの比じゃないくらいに甘い。甘すぎる。それと同時に、ずっとわたしの方を見ていたように思ったけれど、一応舞台も見ていたんだと少し安心した。

あまりの甘すぎる空気に動揺してしまったわたしは、無理やり話を変えることにした。

「し、主人公役のエイダンもとても素敵でしたね」

「君は、ああいう男が好みなの？」

「好みではないですけど、格好いいとは思います」

今回の主人公役であり人気歌手のエイダンは、歌も上手く見目も良いことで、今やあちこちの舞台に引っ張りだこだった。リリーもそんな彼の大ファンだ。

「そうなんだ。それなら、アリスはどんな見た目が好き？」

「好み、ですか」

「うん。少しでも君の好みに近づけたらなと思って」

もしや彼は、鏡を見たことがないのだろうか。

「アーサー様は、今のままで十分です。十分すぎます」

「そうかな？　アリスは俺の顔が好き？」

「は、はい」

「そうなんだ。とても嬉しいな」

そう言って眩しい笑顔を浮かべたアーサー様は、かなり上機嫌だった。それにしても、好みのタイプというのはこちらも気になる話だった。わたしも負けじと質問することにした。

「では、アーサー様の好みのタイプを教えてください」

「アリスだよ」

即答だった。その上、彼は何故そんな当たり前のことを聞くのだとでも言いたげな顔をしている。

「もう、本気で答えてください」

「本当に、アリス以外何も思いつかないんだ。君以外の女性を、異性だと思えたことがない」

アーサー様はさらりとそう言ったけれど、何だかものすごいことを言われた気がした。

「そ、それは、どういう……」

「言葉通りの意味だよ」

「女性のことを綺麗だとか、素敵だと思うことはありますよね？　ええと、例えばスカーレット様なんて、お人形のように美しいじゃないですか」

「スカーレット？　……ああ、侯爵家の娘か。言われてみれば左右対称の、整った顔はしているかもしれない」

つい名前が出てきたのがスカーレット様だったのは失敗だったけれど、彼の答えはなんとも無機質なものだった。いまいち納得出来ていないのが顔に出ていたのだろう、彼は再び口を開いた。

「アリスは身の回りに可愛い犬や猫がいたとして、恋人にしたいと思う？」

「思いません、けど」

「俺にとっては君以外、全部そんな感覚なんだ」

まるで子供に言い聞かせるような、そんな優しい声だった。

彼の話に妙に納得してしまったわたしは多少の違和感を感じながらも、アーサー様は少し変わっている人なのだと思うことにした。

――そして、彼がわたしに向ける愛情が人よりも重いという事に気づくのは、もう少し先の話。

知らない過去

「お嬢様、すみません。車輪が壊れてしまったようで……」

「えっ」

ある日の朝、いつものように馬車に揺られて学園へと向かっていると、大きな音がするのと同時に車体が左右にガタガタと揺れ、突然停まってしまった。そして申し訳なさそうな表情を浮かべる御者によって、馬車の故障が伝えられたわたしは、気が遠くなるのを感じていた。

思い返せば、この古びた馬車は大分長い間頑張ってくれていた。いつかこんな日が来てもおかしくは無かったのだ。これだから貧乏は嫌だと、独り言ちる。

……こんな我が家も、わたしが幼い時にはまだ裕福だった。お祖母様が奇病にかかってしまい、莫大な治療費がかかったことであっという間に家財は尽きたのだ。けれど、心から愛していたお祖母様のために全てやり尽くしたお爺様を、誰も責めたりはしなかった。わたしもそんな二人が大好きだった。けれどやはり、貧乏は辛い。

とにかく、今はそんな思い出に浸っている場合ではない。今いる場所は学園と家のちょうど中間地点で、本当に運がない。とりあえず馬車から降り、どうしようかと悩んでいた時だった。

「あれ、アリスちゃん？　どうかし、……っぷ、ははは！」

「ノ、ノア様……」

「っごめん、笑っちゃいけないとは思ってるんだけど、さすがにこんな場所でこんな壊れ方……！　っあははは！」

豪華な馬車から顔を出し、立ち尽くしているわたしに声をかけたのは、同じく学園へ向かっていたらしいノア様で。わたしと壊れた馬車を見比べると、彼はもう我慢できないといった様子で大笑いをし始めた。こんなにも笑ったのは久しぶりだと、涙まで浮かべている。

「ごめんね、お詫びと言っては何だけど乗って行きなよ」

「そんな、申し訳ないですし」

「いいからいいから！　ほら、遅刻するよ」

そう言って半ば無理やり乗せられたわたしは、ふかふかの椅子に座りノア様と向かい合う形になる。ノア様と二人きりで馬車に乗る日がくるなんて思いもしなかった。

あまり緊張しないのは、彼の柔らかい雰囲気のおかげかもしれない。輝くような銀髪に紫色の瞳をした美青年である彼は、まだわたしを見ては思い出したように小さく笑っていた。

「先日は、妹の誕生日パーティに来てくれてありがとう。アリスちゃんにずっと会いたがってたから、とても喜んでいたよ」

「こちらこそ、ありがとうございました。リナリア様は本当に素敵な方ですね。お会いできて嬉しかったです」

「それにしても、あのアーサーが婚約者を連れてくるなんて皆驚いたみたいで、俺まで質問責めにあって大変だったな」

そう言ったノア様は、言葉とは裏腹に何処となく嬉しそうに見えた。その表情から、二人の仲の良さが窺える。

「ノア様は、アーサー様といつご友人に？」

「んー、学園に入る少し前くらいかな」

「そうなんですか？　もっと前からだと思っていました」

「アーサーって数年、貴族連中の集まりに一切顔を出さない期間があっただろう？　俺が知り合ったのはその後だからね」

「……それは、知りませんでした」

「えっ、それは悪いことをしたな。結構有名な話だから、てっきり君も知っていると思っていたよ。理由は俺も知らないけどね」

出先ではいつもグレイ様にぴったりと張り付かれ、彼の許可なしに他人と話すことができなかったわたしは噂話に疎く、この話も初耳だった。

貴族の子息が社交界デビューの前にも、お茶会などの集まりに参加するのは当たり前のことで、公爵家の長男なら尚更のはずだった。その期間に何があったのか気になるものの、ノア様ですら知らないことをわたしが聞けるはずもない。

「せめてもの罪滅ぼしに、今からはアーサーの株が上がる話をさせてくれないかな?」

「ふふ、お願いします」

そうしてノア様はアーサー様との楽しい思い出話をしてくれて、気がつけば窓の外には学園が見えていた。到着後、何度もお礼を言えば、沢山笑わせて貰ったのだから気にしないでと微笑んでくれた。確かに彼は笑いすぎていたように思う。

アーサー様の婚約者の身であるわたしは、一応人目を気にしながら馬車から降りたのだけれど。それと同時に聞こえてきた声に、わたしは思わず足を止めた。

「アリス、何してるのかな」

馬車から降りてきたノア様は、見るからに「うわ」と言いたげな顔をしている。恐る恐る振り返れば、そこには爽やかな笑顔を浮かべたアーサー様が立っていた。

「ア、アーサー様、おはようございます」

「おはよう、アリス。何をしてるのか聞いてもいい？」

「え、ええと、途中で馬車が壊れてしまって、たまたま近くを通りがかったノア様に、学園まで乗せて頂きました……」

「アーサー、そんなに怒るなよ。あのまま道端に立ち尽くしてたら……っはは、アリスちゃんが可哀想だろう、あはは」

「怒ってなんかいないよ。ノアには感謝しているくらいだ」

そう言った彼の表情はにこやかだけれど、間違いなく怒っているのがわかる。ノア様も同じ意見だったらしく、「本当愛されてるね」と小声で囁かれた。

「それじゃ邪魔者は消えるよ。アリスちゃん、またね」

「ノア様、本当にありがとうございました」

ノア様は一人先に校舎へと向かい、わたしとアーサー様だけがその場に残った。

「あの、本当にすみませんでした」

「謝る必要なんてないよ、朝から大変だったね」

「はい。お恥ずかしい限りです」

軽く頭を撫でられ、急に柔らかくなった雰囲気にほっと胸を撫で下ろす。そうして二人で校舎へと向かい、教室の前で「また昼休みに」と別れようとした時だった。

「ああ、そうだ。明日から迎えに行くから。勿論帰りも毎日送るから安心してね」

「……ま、毎日？」

「うん、毎日」

眩しいくらいの笑顔を浮かべると、彼は当たり前のようにそう言ってのけた。

嵐の前の

「アーサー様、おはようございます」

毎日のように顔を合わせているというのに、今日もアリスの笑顔を見るだけであきれるほどに胸が高鳴る。

彼女の家の馬車が壊れたのを口実に、毎日登下校を一緒にするようになった。正直、俺は元々暇ではない。我が家は当主自ら代々領地経営に深く関わっているため、学ぶべきことは尽きなかった。その結果、学園がある日の睡眠時間は二時間以上減ったけれど、アリスと過ごす時間のためだと思えば、少しも苦にならなかった。

——最近、どんどんと欲深くなっていく自分が恐ろしくなる時がある。

そしてその原因は彼女にもあった。アリスの様子を見ていると、俺のことを多少なりとも良く思ってくれている節があるのだ。先日、パーティの帰りに彼女の方から手を繋ぎたいと言われた時には、いよいよ妄想と現実の区別がつかなくなったのかと本気で思った。

そうしたことに後押しされ、彼女に嫌われたくないと自制していた部分が、じわじわと溢れ出してくるのを感じていた。

「そういえば、もうすぐ夏期休暇ですね。アーサー様はどちらで過ごされるんですか？」

「丁度そのことを話そうと思っていたんだ。毎年一週間ほど、避暑に適した領地で過ごしているんだけど、君さえ良ければ一緒に行かないだろうか」

「わたしも、ですか？」

「ああ。今年はノアとライリーも一緒だし、両親に会うこともないから気を遣う必要もない。使用人も大勢いるから、快適に過ごせると思うよ」

いずれ我が家に嫁ぐとなれば、領地へは遅かれ早かれ行くことになる。毎年避暑に行く場所は俺自身気に入っている土地で、彼女を連れて行きたいというのが表向きの理由で。単に彼女と旅行がしたい、少しでも一緒に居たいというのが一番の理由だった。

二ヶ月弱ある夏期休暇に入れば、こうして毎日のように会うのは難しくなる。一週間ほどとは言ったものの、何かしら理由をつけて延泊するのもいいかもしれないとさえ考えていた。

「ご迷惑でなければ、ぜひ行きたいです」

その言葉に胸をほっと撫で下ろし微笑むと、アリスもつられたように笑顔を浮かべた。

当初は緊張した様子でよそよそしかった彼女も、最近ではよく笑顔を見せてくれるようになった。そのあまりに可愛さに、ぐちゃぐちゃにして食べてしまいたいと思うことすらある。

彼女への愛情は、衰えるどころか日々増していくばかりだった。

「アリスちゃんも来てくれるのか、よかったな」

「ああ、安心したよ」

「俺らも居るんだし、変なことはするなよ」

「お前と一緒にしないでくれ」

「まあ、今回はバッチリ二人の応援するから任せてよね」

「そうだな、俺らにして欲しいことがあれば言ってくれ」

アリスも避暑に来られることになったとノアとライリーに伝えれば、二人は突然そんなことを言い出した。そんな彼らに多少の違和感を覚えつつも、二人が自分よりも恋愛経験が豊富なのもまた事実で。たまには、頼ってみるのもいいかもしれない。

「それなら、どうすればアリスが俺を好きになってくれるのか、一緒に考えて欲しい」

「「は？」」

そう言った瞬間、見事に二人の声が重なった。

「ちょ、ちょっと待て。そもそもアリスちゃんって、お前のこと好きじゃないのか？」

「最近、嫌われてはいないと確信した」

そう答えると、二人は信じられないものを見るような目で俺を見た。やがてその視線は、哀れみのようなものへと変わる。

「……僕、てっきりいい雰囲気になったら二人きりにして欲しいとか、そういうレベルかと思ってたんだけど」

「俺だってまさか、こんな感じだとは思わなかった」

何やらこそこそと話していた二人は、突然何か決心したような表情を浮かべ、俺に向き直った。

「ごめんね、アーサー。本当は少し冷やかしてやろうと思って、応援するなんて言ったんだ。でも今は本気で応援したいと思ってる」

「今回の旅行中に、絶対にいい雰囲気にさせてみせるよ」

そう言って俺の肩に手を置いたノアとライリーは、やけに真剣な表情をしていたけれど。

この時心強く見えた友人達が、全く役に立たないと言うことを俺はまだ知らない。

婚約者

夏期休暇が始まって三日目。半日ほど馬車に揺られ着いたのは、グリンデルバルド公爵領北部にある、豊かな自然に囲まれた美しい街だった。

馬車の中ではずっとアーサー様と二人きりだったけれど、会話は途切れることなく楽しい時間を過ごせた。毎日一緒に登下校をすることで、近すぎるこの距離感にも慣れてしまったように思う。

やがて街の中心部にある豪華な屋敷の前で馬車は停まり、後ろを走っていたノア様とライリー様を乗せた馬車も、間もなく到着するのが見えた。

「立派なお屋敷ですね」

「この辺りにある建物は全部我が家のものだから、好きに使ってくれて構わないよ」

お城のような建物が立ち並んでおり、これら全てが所有物だなんて流石だと感嘆する。

「アーサー様、ご友人の皆様、そしてアリス様。遠いところからようこそいらっしゃいました」

「ブライス、久しぶりだね。元気だった？」

「はい、アーサー様もお元気そうで何よりです」

屋敷の前でわたし達を待っていたのは、綺麗に整えられた白髪と美しい姿勢が印象的な、執事の男性だった。ブライスと呼ばれた彼は、長年グリンデルバルド家に仕えているのだとアーサー様が教えてくれた。

「アーサー様、実はお伝えしなければならないことが……」

いざ建物の中へと入ろうとすると、ブライスさんは何故だか躊躇うような様子を見せ、そう言いかけた時だった。

「アーサー様、会いたかった……！」

勢いよく扉が開いたかと思うと、突然中から華奢な美少女が飛び出してきたのだ。

驚く程に美しい顔をした彼女はアーサー様の胸に飛び込むと、涙を溜めた大きな瞳で彼を見上げた。美男美女である二人の姿は、まるで舞台のワンシーンのようで思わず見入ってしまう。

「クロエ、どうして此処に」

「アーサー様が避暑に来られると聞いて、すぐに来ましたの。お会い出来て本当に嬉しいです」

そう言うと、クロエと呼ばれた女性は再びアーサー様の胸に顔を埋めた。

彼はかなり驚いた様子で、完全に固まっている。ふと隣を見れば、気まずそうな顔をしたノア様とライリー様と目が合った。彼らの立場だったなら、わたしもきっと同じ顔をしていたに違いない。

……それにしても、アーサー様はいつまで抱きつかれたままなのだろうか。

そんなわたしの視線に気づいたらしく、アーサー様は彼女の肩をそっと掴むと身体を離した。

「すまないが俺は、」

「まあ、アーサー様のご友人の方々ですね！　お話はよく伺っておりました」

「あ、どうも」

「……あはは」

アーサー様の言葉を遮るようにして、彼女はノア様とライリー様に視線を移した。

艶のある柔らかな桃色の長い髪に、長い睫毛に縁取られた大きな金色の瞳。真っ白な肌によく映える赤い唇は、まるで瑞々しい果実のよう。

そんな妖精のようにも見える美しい彼女は、明らかにわたしの存在を無視していた。

「クロエ、俺は今日大切な女性と来ているんだ」

「あら、そうでしたの。全く気が付きませんでしたわ」

アーサー様の言葉にきょとんとした表情を浮かべた後、こちらを向いたクロエ様とようやく視線が絡む。流石のわたしも、この近距離で気づかれないほど存在感が薄くはない。

「婚約者のアリスだ。彼女は従姉妹のクロエ」

「初めまして、アリス・コールマンと申します」

「クロエ・スペンサーですわ。よろしくお願いいたします」

……アーサー様の、従姉妹。そう紹介された彼女は笑顔を浮かべてはいるけれど、値踏みするかのような瞳の奥は、ひどく冷たい。よく鈍いと言われるわたしでも、その露骨な態度から、彼女がアーサー様を慕っているという事はすぐにわかった。

「皆様、立ち話も何ですからどうぞ中へとお入りください」

そんなブライスさんの一言で、気まずい雰囲気の中屋敷へと足を踏み入れる。ひとまず荷物を運ぶため、各々泊まる部屋へと向かうことになった。

そうしてメイドに案内されながら歩き出した途端、突然クロエ様がわたしの手をとった。

「アリス様のお部屋は、わたくしがご案内しますわ。女同士、いろいろとお話してみたいですし」

「クロエ、」

「大丈夫です、ぜひお願いします」

アーサー様は心配そうにしていたけれど、彼女の話というのが気になったわたしは、そのまま案内してもらうことにした。

◇◇◇

「……どんな手を、使ったんです？」

「えっ？」

「どんな手を使ってアーサー様の婚約者になったのか、と聞いているんです」

先程の儚げな彼女はどこへやら、クロエ様は部屋に入るなりそう言ってのけた。あまりの態度の違いに圧倒されてしまう。

「どんな手、と聞かれましても……」

「とぼけないでくださる？　あなたさえ居なければ、わたくしがアーサー様の婚約者になるはずだったのに……！」

――クロエ様が、アーサー様の婚約者になるはずだった？

驚きを隠せないわたしに、彼女はなおも続けた。

「両家の間では昔から決まっていた事です。けれど、アーサー様は学園を卒業するまでは婚約をする気は無いと強く言っていたので、公的なものには至っていませんでした」

「そんな中で、アーサー様が突然落ち目の伯爵家の娘と婚約したいと言い出した時には、目眩がしましたわ。その上公爵様も、数少ない息子の頼みだから聞いてやりたいと言うのですから」

「けれど公爵夫人になるというのはそんなに簡単なことではないのです。いずれ適当な理由をつけて、あなた方の婚約は破棄するという事で話はまとまりました。アーサー様も年頃ですし、気が迷うこともあるだろうと、わたくしは黙って待つことにしました」

「……それなのに先日、このままアーサー様とあなたの婚約を続けさせて欲しいと、公爵様自ら頼みにいらしたのです。本当にすまないと」

そこまで彼女の話を聞いたところで、わたしの頭の中は完全に真っ白になっていた。

アーサー様とクロエ様の婚約のこと、そして公爵様のこと。わたしは自分の知らないところでそんなことが起きているなんて知る由もなく、呑気に暮らしていたのだから。

「アーサー様に愛され、公爵様にもそこまでさせるなんて、あなたは一体何なんです？」

「……わたし、は、」

「わたくしは子供の頃からアーサー様をお慕いし、彼と一緒になることを夢見てずっと努力して参りました。それなのに、突然現れたあなたに全て奪われるなんて、許せるはずがありません」

「…………」

「何ひとつ、言い返してこないのですね。本当にがっかりです」

「…………っ」

「アーサー様にあなたなんか、相応しくない」

そう言うと、彼女は静かに部屋を出て行き、残されたわたしは、呆然とその場に立ち尽くしていた。

……わたしは、公爵家に嫁ぐということがどんな事なのか、何一つ理解していなかった。理解しようともしていなかった。アーサー様から向けられる好意に、ただ甘えていただけ。

そんな自分が情けなくて悔しくて、涙で視界がぼやけていく。

けれど、わたしに泣く資格などない。ここまで言われてやっと気づくような愚かなわたしは、彼女の言う通りアーサー様に相応しくないのだろう。それでも。

変わりたい、変わらなければいけないと、思った。

自信となるもの

『お前が居なくなったって、誰も困らない』

『何一つまともにできない、貴族の恥さらし』

『お前を好きになる奴なんか、一生現れないだろうな』


「………っ！」

目が覚めると同時に飛び起きたわたしは、重たいため息をついた。全身に嫌な汗が伝う。昨日クロエ様に言われたことを気にしていたせいか、久しぶりにグレイ様の夢を見てしまった。

……あの後、なかなか部屋から出てこなかったわたしを気遣い、アーサー様は移動で疲れただろうと早めに休ませてくれた。余計な気を遣わせてしまったことで、また罪悪感に襲われる。

このままではいけない、と軽く両頬を叩いて気持ちを引きしめると、メイドに身支度を整えてもらい、部屋を出た。

「おはようアリス。よく眠れた？」

「はい、お蔭様で。ありがとうございます」

「僕もいつもより、三時間も多く寝ちゃったよ」

食堂に着くと、既に皆テーブルについていた。朝から三人とも驚くほどに爽やかで、朝日のように眩しい。丁度朝食の支度が終わったところらしく、わたしはアーサー様の隣に腰掛けた。

「なんだかこうして見ると、新婚さんって感じだね！」

「し、新婚……？」

「本当、似合いの夫婦って感じだよな」

「……頼むから、少し黙ってくれ」

朝食を食べている間ずっと、なぜかノア様とライリー様はそんなことを言い続けていて。クロエ様のこともあり、気を遣ってくれているのだろうか。なんだか申し訳ない気持ちになる。


その後、広間にて今日は何をしようかと三人で話し合っていた時だった。

「皆様、おはようございます。明日までこちらにいる予定ですので、本日はわたくしもご一緒してよろしいですか？」

そう言って現れたのは、クロエ様だった。彼女の言葉を受けて、アーサー様はわたしに視線を向ける。大丈夫です、という意味をこめた笑顔を返せば、彼は困ったように微笑んだ。

「ああ、構わないよ」

「ありがとうございます」

そう嬉しそうに笑う彼女は、今日も花のように美しい。

そうして、午前中は街中を見て歩くこととなったのだけれど、クロエ様はぴったりとアーサー様にくっついたままで。アーサー様は何か言いたげな様子だったけれど、わたしは見ないふりをしてノア様とライリー様と散策を楽しんだ。

昼食の間も彼女はアーサー様の隣を離れず、そんな二人を見るたびに胸がきゅっと締め付けられる。その後、近くの湖で小舟に乗ることになったわたしたちは、森の中へとやってきていた。キラキラと輝く水面に映るわたしの表情は、ひどく暗い。

「わたくし、アーサー様と一緒に乗りたいです」

「クロエ、俺は」

「よろしいですよね？　アリス様」

クロエ様は、有無を言わせない笑顔でこちらを見た。

何も言えないでいるわたしを後目に、彼女はアーサー様の腕を引いていく。嫌だと言いたいのに、なかなか言葉が出てこない。そんな自分に心底嫌気が差した。

それでも、このまま二人が行ってしまうのは絶対に嫌で。

気が付けば、わたしはアーサー様の手を掴んでいた。

「……クロエ、すまない」

「っアーサー様！」

その瞬間、アーサー様はクロエ様の手を振り解いた。

そしてわたしの手をしっかりと握りなおすと、そのまま湖とは反対方向へと歩き出したのだった。

◇◇◇

着いたのは日陰にある小さなベンチで、二人並ぶようにして座った。いつもと変わらない近すぎる距離に、なんだか安心する。少し小高くなっている場所らしく、ここから見える景色はとても綺麗だった。風も心地いい。だんだんと、心が穏やかになっていくのを感じていた。

「あの、アーサー様、」

「嬉しかった」

「えっ？」

「こんなことを言う資格がないのはわかっているけれど、君が引き止めてくれて嬉しかったんだ」

突然手を掴んでしまったことを謝ろうとしたけれど、すぐに遮られて。そんなアーサー様の言葉にほっとしつつ、彼の話に耳を傾けた。

「クロエから、婚約する予定だったという話は聞いた？」

「はい、お二人が幼い頃から決まっていたことだと」

「俺の口から話しておくべきだった、本当にすまない。親が決めた事とは言え、俺の勝手でそれを反故にしてしまったから、クロエに対して罪悪感はあるんだ。だから彼女を邪険にはできなかった」

「……はい、わかっています」

本人の意志とは関係なく決められたことだとしても、彼を一途に想い、努力を続けてきたクロエ様に対して、アーサー様が強く出られないのはわかっていた。彼ほど優しい人ならば尚更だろう。

「でも、アリスが嫌がることは絶対にしたくない」

だから、嫌なことがあれば何でも言って欲しい。そう言って、アーサー様はわたしの頭を優しく撫でた。あまりにも優しいその手つきに、また心臓が跳ねた。

「わたしが、悪いんです。クロエ様に対して引け目を感じすぎていたから」

きっとわたしが彼女に勝てることなんて何一つない。だからこそ、彼女の存在が怖かった。

「君は、自己評価が低すぎる」

「……弱い自分が、本当に嫌なんです。嫌なことは嫌だって、ちゃんと言えるようになりたいのに」

グレイ様に対しても、クロエ様に対しても。

わたしはいつからか、自分に自信が全く持てなくなっていた。何をするにしても、グレイ様に言われた心無い言葉が頭をよぎるのだ。何か言いたいことがあっても、卑屈になり躊躇ってしまう。

「……自分に、自信が持てたらいいのに」

そんな願いが、思わず口から漏れる。アーサー様は、そんなわたしを黙って見つめていた。

こんな弱いわたしに、アーサー様も嫌気が差しただろうか。

沈黙が続き不安に思っていると、彼は突然立ち上がった。そしてベンチに座るわたしと向かい合い、同じ目線の高さになるようにしゃがみ込んだ。

柔らかな金の髪が、さらさらと風に揺れている。本当に綺麗な人だと、なんだか泣きたくなる。

「ねえ、アリス。俺のことはどう思う？」

「えっ？　ええと、アーサー様は優しくて格好よくて、わたしが知る中で一番、素敵な方だと思います。皆の憧れです」

突然の質問に戸惑いながらも素直にそう答えれば、アーサー様は少し照れたように微笑んだ。

「じゃあそんな俺に、こんなにも愛されてるアリスはすごいと思わない？」

「……え、」

「俺、昔から人を見る目があるって言われるんだ」

「アーサー、様……？」

「そんな俺が人生でたった一人、好きになったのが君だよ」

彼の言葉によって、視界が、揺れる。

「まだ足りないのなら、俺はもっと努力するよ。君が誇れるような人間になる」

だから、と彼は続けた。

「俺が、君の自信になれないかな」

その瞬間、わたしの瞳からは涙がこぼれ落ちていた。

――どうして。どうして、アーサー様はこんなにもわたしが欲しい言葉をくれるんだろう。

ぽろぽろと零れてくる涙を、彼の指でそっと拭われる。けれどやがて、とめどなくそれは溢れてきて、いつの間にかわたしはしゃくりあげて泣いていた。

「アリスは誰よりも素敵な女の子だよ。俺が保証する」

「……っ、う、……っく、」

「俺のこと、信用できない？」

なかなか泣き止むことが出来ないわたしは、ふるふると首を横に振る。

そんなわたしを見て、アーサー様は泣き顔まで可愛いね、なんて言って笑うのだ。絶対に今のわたしの顔は涙でぐしゃぐしゃで、酷い顔をしているに違いないのに。

……アーサー様からの好意は伝わってきていたけれど、「好き」とはっきり言葉にされたのはこれが初めてだった。嬉しさで、余計に涙が止まらない。

胸の奥でずっとわたしを縛り付けていたものが、するすると解けていく気がした。

そしてこの日、わたしは恋に落ちたのだ。

星に願いを

「あ、二人ともおかえりー。心配したよ」

目いっぱい泣いた後、ようやく落ち着いたわたしはアーサー様と手を繋ぎ、湖へと戻った。けれどそこにはもう誰もおらず、そのまま屋敷へ向かう。

突然居なくなったにも拘わらず、広間にいた二人は怒るどころか「ラブラブできた？」なんて言って笑っていた。本当に、優しい人たちだと思う。

「俺らは良いんだけどさ、クロエちゃんがな……」

「超怖かったよ！　二人が居なくなった後ずっとぶつぶつ言っててさあ、こんなのおかしいとか、アーサー様は騙されてるとか」

「普通じゃなかったよな、あれ」

「……クロエは?」

「しばらくしたら、一人で帰っていっちゃった」

アーサー様はしばらく何か考え込んでいたけれど、やがていつも通りの笑顔を浮かべると、お茶でも飲もうかとメイドを呼んだ。

クロエ様は予定通り明日帰るらしく、しばらく会うことはないだろうと思うと、少しほっとした。

彼女の様子がおかしかったという話は少し気がかりだったけれど、この時のわたしはアーサー様の告白に浮かれていて、それ以上深く考えることはなかった。

……この時、彼女がアーサー様へと向ける想いの歪みに気づいていたなら。

後に起こる事件は未然に防げたのかもしれないと、わたしは後悔することになる。

◇◇◇

「……眠れない」

日付が変わる頃。心身ともに疲れているはずなのに、わたしの目は完全に冴えていた。

アーサー様のことを思い出す度に、心臓がうるさく跳ねて仕方ない。彼に言われた「好き」という言葉が頭から離れないのだ。嬉しくて恥ずかしくて、少し苦しい。そんな感情を抑えきれないわたしは、ころころとベッドの上を転がっていた。

まだまだ寝付けそうに無く、水でも飲もうと食堂へと向かう。すると食堂前の廊下で、アーサー様にばったりと出くわした。

「アリス、どうかした？」

「寝付けなくて、お水を頂こうかと……。アーサー様は？」

「俺は少し、やらなくてはいけないことがあってね。そのうちに小腹がすいてきたから、何か食べようと思って」

休暇中と雖も、こんな時間までやることがあるなんて。かなり忙しいはずなのに、彼は忙しい様子も疲れた様子もおくびにも出さない。

それでいて、いつも優しい笑顔を浮かべているアーサー様が時々心配になる。

「わたし、キッチンを見てきますね。アーサー様はお部屋で待っていてください」

「ありがとう、お言葉に甘えることにするよ」

そうしてアーサー様と別れ、キッチンへと向かう。色々と見てみたけれど、あるのはたくさんの食材だけで、今すぐに食べれそうなものはナッツくらいしかない。流石にそれだけでは小腹も満たせないだろうと思い、簡単なものを作ることにした。

ささっと作ったサンドイッチとスープをトレイに載せ、アーサー様の部屋へと向かう。ハンナによくお菓子作りや料理を教えてもらっていたとはいえ、彼の口に合うかはとても不安だった。

「アーサー様、アリスです」

「ありがとう、丁度一段落着いたところなんだ。お茶でも飲んでいってくれないか」

「はい、ぜひ」

アーサー様はわたしに椅子を勧めると、冷やしてあったティーポットから飲み物を注ぎ、出してくれた。一口飲むと、爽やかな甘さが広がる。異国の珍しいお茶らしい。

わたしの向かいに座ったアーサー様も、「早速いただくよ、ありがとう」と言ってサンドイッチに手を伸ばした。一緒に昼食をとりながらいつも思っていたことだけれど、アーサー様は食べる仕草までとても綺麗だ。彼にできないことなど存在するのだろうか。

「美味しい。このソースは初めてだけど、好みの味だ」

「本当ですか？　よかったです。そのソースは我が家のメイドの出身地のものなんですけど、わたしもとても好きで」

「えっ？　まさかこれ、」

「はい、わたしが作ったんです」

その瞬間、アーサー様は固まり、やがてはっとしたように片手で口元を覆った。

「……こんなにしっかりしたものが出てくるとは思わなかったから、誰か使用人が起きていたのかと思ったんだ」

「すぐに食べられそうなものがなかったので、勝手ながら作らせて頂きました」

「アリスが俺のために作ってくれたものなんて、一口一口噛み締めて味わうべきだったのに……！

数口何気なく食べてしまった、有り得ない失態だ」

そう言ったアーサー様は、本気でへこんでいるように見えた。

「本当は食べるのも勿体ないくらいだよ。一生記念にとっておきたい」

「ふふ、そんなことをしたら腐ってしまいますよ。このくらいでよければ何時でも作りますから、気にせず食べてください」

「本当に、また作ってくれる？」

「はい、本当です。宜しければ今度はアップルパイを作ってきます。以前、お好きだと言ってましたよね」

「ありがとう。……こんなにも幸せで、いいんだろうか」

そうして再び食べ始めた彼は、一口食べるごとにとても美味しい、アリスは天才だと褒めてくれるものだから、思わず笑ってしまう。わたしも幸せだと、心から思った。

「わあ、綺麗ですね」

何気なく窓の外へと視線を移せば、満天の星空がそこにあった。此処は王都よりも、星がよく見えるらしい。

「確かに、今日は星がよく見えるね」

「わたし、星を見るのが好きなんです」

「それならいい場所がある。食べ終わったら行こうか」

アーサー様はサンドイッチもスープも綺麗に完食した後、再び丁寧にお礼を言ってくれた。

夜空がよく見える場所があるらしく、彼に手を引かれ長い階段を上がっていく。やがて着いたのは、小さな屋根裏部屋だった。夜中だということもあって、なんだかワクワクしてしまう。

部屋の中は天井の半分以上が窓になっていて、見上げればまるで外にいるかのように夜空が広がっていた。あまりの美しさに、思わず感嘆の声が漏れる。

部屋の中は狭く天井も低いため、二人で肩を寄せあって窓の下に座った。アーサー様は何も言わずに、羽織っていたジャケットをそっと肩にかけてくれた。彼の、こういう所も好きだった。

「こんなに綺麗な夜空を見たのは、生まれて初めてです」

「本当に？　良かった」

「あっ、流れ星！　アーサー様もお願い事しましょう！」

慌ててそう言えば、彼は可笑しそうに笑った。

「……アーサー様も、ちゃんとお願いしましたか？」

「うん、したよ。アリスは何を願ったの？」

「アーサー様と、これからも一緒にいられますように、と願いました」

正直に言ってしまったけれど、すぐに恥ずかしくなったわたしは慌てて俯いた。けれどこの気持ちは本当だった。ずっとアーサー様と居られたなら、それ以上に幸せなことなどないだろう。

「あまり可愛いことを言わないで欲しいな。色々と抑えきれなくなる」

「あ、あの、」

「そんなこと、星に願わなくとも叶えるつもりだ」

いつの間にか、わたしはそう言ったアーサー様の腕の中にいて。そんな彼のまっすぐな言葉とあたたかな体温に、また胸が高鳴った。

「アーサー様は、何をお願いしたんですか？」

今度はわたしがそう尋ねれば、アーサー様は少し悩むような様子を見せた後、内緒だと言った。

「アーサー様だけ内緒だなんて、ずるいです」

「俺のは本当に、夢みたいなものだから」

「そうなんですか？　意外と簡単に叶うかもしれませんよ」

「……そうだと、いいんだけどな」

彼は笑顔を浮かべてはいるものの、その表情はどこか暗い。あまり聞かない方がいい話だったのかもしれないと、不安になる。

けれど、それもすぐに杞憂に終わった。

「……アリスが、」

「はい」

「アリスが、俺の事を好きになってくれますようにって、願ったんだ」

それはまるで奇跡のような

——わたしが彼を好きになることが、彼にとって「本当に夢みたいなもの」なのだろうか。

にわかには信じがたいけれど、目の前のアーサー様の顔はひどく真剣で、どうやら本気でそう思っているらしかった。

そんなことを考えているうちに、わたしが黙ってしまったのを気にしたのだろう、彼は慌てたように口を開いた。

「ごめんね、アリス。そんなこと有り得るはずがないのに」

「アーサー様、」

「一緒に居られるだけでよかったのに、欲に駆られて変なことを言ってしまった。本当に気にしないでほしい。これからはちゃんと、」

「アーサー様。聞いてください」

言い訳のようなものを並べ立てる彼に、話を聞いて欲しくて少しだけ語気を強めれば、ようやく目が合った。その瞳は、不安の色に揺れている。

どうして彼は、わたしに対してこんなにも自信が無いのだろう。

まるでわたしが彼のことを好きになるなど、ありえない事だと思い込んでいるように見えた。

アーサー様のような素敵な人に優しくされて、大事にされて、好意を伝えられて。好きにならない方が難しいというのに。

「有り得ないことなんかじゃ、ありません」

「……え？」

先程自覚したばかりのこの気持ちは、まだ伝えるには早いかもしれない。それでも目の前の彼に、これ以上不安そうな表情をして欲しくなかった。

……初めてアーサー様を間近で見た時にはもう、少なからず惹かれていたと思う。

そして彼のことを知っていくうちに、想いは日々募っていった。

この気持ちに、間違いはない。そして今、伝えるべきだと思った。

「わたし、アーサー様のことが好きです」

それは、生まれてはじめての告白だった。

そうしてしばらく、黙ってしまったアーサー様を、不安になりながらも見つめていたけれど。

やがて彼の瞳からは、ぽたりと涙が零れ落ちたのだった。

◇◇◇

「わたし、アーサー様のことが好きです」

目の前の彼女は、頬を赤く染めて、俺の目を真っ直ぐに見て、そう言った。

頭の中が真っ白になる。一度でも彼女に好きだと言われたんだ、例え夢でもいいと思った。

――ずっと、ずっと好きだった。

十年以上、ずっと彼女のことを想って生きてきた。幼かった俺にとっての彼女は救いだった。どんなに辛い事も、いつもアリスと過ごした日々を糧にして乗り越えてきた。幼い彼女の笑顔を思い出すだけで、胸が温かくなった。

彼女が同じ世界に生きているというだけで、此処は俺にとって生きる価値のある世界だった。

学園に入学し、数年ぶりに彼女を見た時には、その場で泣き出したくなった。

本当に嬉しくて、可愛くて、苦しくて。それだけで十分だった。あの頃と変わらない、可愛らしい笑顔を友人に向けているのを見るだけで、胸が締め付けられた。廊下で彼女とすれ違うだけで、緊張して呼吸の仕方さえ分からなくなった。

人が多い場所でアリスを探すのが日課になった。いつしか、彼女を見つけるのが上手くなった。


そんな、ずっと見ているだけだった彼女がいつしか俺の名を呼び、笑いかけ、毎日一緒に過ごすようになった。数ヶ月前の俺にとっては、本当にありえない夢のような日々だった。当時の自分にこの話をしたのなら、いよいよ気が狂ったと言うに違いない。

これ以上ないくらいに彼女を想っていたはずなのに、日々彼女への想いは増していく。

遠目で見ているだけで十分だったというのに、いつしか彼女に愛されたいと思うようになっていた。けれど、それが現実になるなんて夢にも思わなかった。

彼女が目の前にいて笑いかけてくれる、ただそれだけで、奇跡のようなものだったのに。

気が付けば、涙が零れていた。

「アーサー、様？」

「…………っ」

沢山言いたいことがあるのに言葉が出てこない。込み上げてくる感情は嬉しいとか幸せだとか、そんな言葉で言い表せるようなものではなかった。これはもっと、汚くて、重い。

「……ずっと、」

「はい」

「ずっと、好きだった」

「はい、」

「っ本当に、好きなんだ」

「わたしも、アーサー様が好きです」

――長くて、苦しくて、辛くて、幸せだったこの十年間の全てが、報われた瞬間だった。

記憶の中の

「……格好悪い所を、見せてしまったね」

アーサー様は赤い目で、少し照れたように笑う。

「そんなことないです。むしろ、嬉しいというか」

「嬉しい？」

「アーサー様はいつも、辛いことも悲しいことも全て隠しているような気がしていたので」

「そんな風に思ってくれていたんだね。でも、好きな女性の前では格好つけたいものだよ」

今ので台無しだけどね、と苦笑いしながら言った彼は、やがてわたしの顔をじっと見つめた。睫毛の数すら数えられそうな近距離で、そんなにも見られると恥ずかしい。

「……俺のこと、好き？」

すると突然、彼は潤んだ瞳でわたしを見つめながら、そんなことを尋ねたのだ。母性本能をくすぐるようなその可愛らしい様子に、わたしの心臓は悲鳴をあげていた。

好きという言葉は何度口に出しても、その気恥ずかしさは無くなりそうにない。それでも、俯きながら「好きです」と答えれば、アーサー様はわたしを思い切り抱きしめた。

「ああ、可愛い。可愛すぎる。好きだ」

「ア、アーサー様、」

「本当に、好きだよ」

あまりにも甘すぎる雰囲気に、クラクラする。本当にこのまま溶けてしまいそうだった。

「ねえ、アリス」

「はい」

「一生、俺のこと好きでいてくれるよね？　俺はもう、君がいないと生きていけそうにない」

本当に、アーサー様は大袈裟だ。そう思いながらも、彼からの好意が伝わってきて嬉しくなる。

わたしは「はい」と答えてそっと手を伸ばすと、彼のことを抱きしめ返したのだった。

◇◇◇

翌日。朝一番にバーベキューがしたい！　と突然ライリー様が言い出したことで、今日の予定は決まった。アーサー様は使用人に準備を頼もうとしたけれど、自分達でやるのも楽しみの一つだとライリー様は譲らない。貴族の子息子女のみで本当に準備出来るのかと不安になったけれど、アーサー様はライリー様に無理やり連れて行かれ、森へと向かって行った。

「今日のアーサー、やけにアリスちゃんに近くなかった？　もしかして何かあった？」

ノア様と二人で屋敷の前のベンチで待っていると、不意にそんなことを聞かれ、顔が熱くなった。

昨日好きだと伝えたせいか、アーサー様との距離がいつも以上に近いのだ。彼はわたしの隣から離れず、常に体のどこかに触れているような状態で。わたしは常に真っ赤だったに違いない。

「……昨日、アーサー様に好きだと、伝えたんです」

「えっ、おめでとう！　それはアーサーも浮かれるよなあ。あいつは本当に君が好きだから」

「は、はい」

「まあ、あんな奴に追いかけ回されて、好きにならない方が難しいよ。だいぶ粘った方じゃないか」

そう言ってノア様は笑った。わたしも、心の底からそう思う。

そんな話をしていると、豪華な馬車が屋敷の前に停まり、中から人が降りてくるのが見えた。

「おや、こんにちは」

「こんにちは」

そうしてこちらへやって来たのは、四十代位の男性だった。その身なりから、彼が高位貴族だということが窺える。整った顔立ちと、優しそうな笑顔や声色が印象的だった。

「アーサーはいるかい？」

「アーサー様は少し出かけていまして、もうそろそろ戻って来るかと思います」

「そうか。もしかして君が、アーサーの婚約者？」

「はい、アリス・コールマンと申します」

そう言うと彼は嬉しそうに微笑み、わたしに向かって手を差し出した。

「会えて嬉しいよ、私はアーサーの叔父のアスランだ」

「アーサー様の……！　こちらこそ、お会いできて嬉しいです」

「ありがとう。君はアーサーの友人かい？」

「はい、ノア・メンデンホールと申します」

「メンデンホール家のご子息か。アーサーからも話は聞いているよ、とても良い友人だとね」

そう言って笑う彼からは、アーサー様のことを本当に大事に思っているのが伝わってくる。

「顔だけ見るつもりで来たから、本当に時間が無くてね。もう行くことにするよ。慌ただしくてすまない、またゆっくり話せると嬉しい」

「こちらこそ。アーサー様に、アスラン様がいらっしゃったとお伝えしておきますね」

「いや、あの子は気を遣うだろうから言わないでほしい。近いうち機会を見つけて会いに来るさ」

そう言うと、アスラン様は帽子を深く被り直した。

「君たちに会えただけで大収穫だ。アーサーのこと、よろしくね。あの子は本当にいい子だから」

「はい、ありがとうございます」

「お気をつけて」

そうして彼は、柔らかな笑顔を浮かべると馬車へと戻って行った。すぐに馬車は出発し、見えなくなる。本当に時間が無い中で、アーサー様に会いに来たのだろう。

それにしても、素敵な方だった。少し話しただけでも、彼の人の好さが伝わってきた。

「アーサーも会いたかっただろうな」

「そうですね。……アスラン様、か」

「何かあった？」

「いえ、子供の頃の大切な友達と同じ名前だな、と思いまして」

「珍しい名前でもないもんな。その友達は今何してるんだ？」

「わからないんです。もうずっと会えてなくて」

——最後にアスランに会ったのは、何時だっただろう。

喧嘩のようなものをしてから、会えなくなった記憶がある。ぼんやりとしか思い出せないけれど、彼と過ごした時間はとても大切なものだったように思う。

「そうなんだ。元気だといいね」

「はい。本当に、そう思います」

彼は今、元気にしているだろうか。知っているのはアスランという名前だけで、見た目についてもあまり記憶はないから、多分大人になった彼に会ってもわからないだろう。

記憶の中の彼は、たくさんの管に繋がれた包帯だらけの小さな男の子だった。穏やかで優しい子だった記憶がある。

……それなのに、どうして喧嘩したんだっけ。

いくら考えても思い出せず、なんだか落ち着かない。そんなことを考えているうちに、沢山の薪を抱えたアーサー様とライリー様が見えた。ライリー様は気合いを入れて持ちすぎたせいか、明らかにフラフラしていて、思わず笑みがこぼれる。

そうして久しぶりに思い出した彼のことは、いつの間にか頭から消えていたのだった。

最終日

あっという間に楽しい時間は過ぎ、グリンデルバルド家の領地に来てから、六日が過ぎた。最終日の今日は生憎雨で、屋敷の中で各々好きに過ごすことになった。

何をしようかとしばらく悩んだけれど、まるで図書館のように広くて蔵書数のある書庫から、本を借りてきて部屋で読むことにした。

そのことを伝えると、アーサー様も読書をするつもりらしく、彼の部屋でお茶でも飲みながら一緒に過ごさないかと誘われた。わたしの部屋よりも日当たりもよく、ソファもふかふかだったのを思い出し、すぐに了承したのだけれど。

「…………っ」

何故か今わたしは、ソファの上でアーサー様に後ろから抱きしめられるようにして座っている。こんな状態で、本の内容など頭に入ってくるわけがない。先程から同じページの同じ行を、何度読んだかわからなかった。

もちろんアーサー様の手に本など無く、その手はわたしの腰へと回っている。わたしには絶対に理解の出来なさそうな分厚い本達は、テーブルの上に重ねられたままで。読書などする気がないというのがはっきり見て取れた。

「その本、面白い？」

そう言って、後ろからわたしの肩に顎を乗せたアーサー様に、思わず体が跳ねる。サラサラとした金髪が、耳やうなじに当たってくすぐったい。

「ち、近すぎます……！」

「俺にこうされるの、嫌？」

「嫌では、ないですけど」

「それなら良かった」

告白してからというもの、彼は前よりもかなり遠慮が無くなった気がする。

「王都に戻れば、次はいつ会えるか分からないんだ。今のうちに充電しておかないと」

アーサー様は二日後に王都で用事が出来たらしく、明日中に必ず帰らなくてはならなくなったのだ。そもそも明日帰る予定だったのではと尋ねれば、適当に理由をつけてわたしとまだ此処に居るつもりだったと、笑顔で言われてしまった。

……寂しい気持ちは、わたしにだってある。

この六日間、朝から晩まで一緒にいたのだ。たった数日なのに、それが当たり前のように思えてしまっていた。いつか彼と結婚したならば、こんな感じなのかと考えたりもした。

何の予定もないわたしと違って、アーサー様は王都へ戻れば忙しい日々を送るに違いない。そう考えると、次にいつ会えるかわからないというのはとても寂しかった。

それと同時に、あっという間に彼がわたしの中でとても大きな存在になっていることを実感する。

そっと読んでいた本を閉じてテーブルに置くと、自分の体に回っていたアーサー様の手に、自分の手を添えた。少しくらい、わたしからも甘えてみたい気持ちになったのだ。

「アリス？」

「……わたしも、帰りたくないです」

そう言った瞬間、視界がぐらりと傾いた。

「今のは、君が悪い」

ぼふりと柔らかいソファに背中から沈んでいく感触と、目の前にはひどく真剣な表情をしたアーサー様の顔。押し倒されているのだと理解するのに、かなりの時間を要した。

鼻と鼻が、くっつきそうな距離。あまりの恥ずかしさに、思わず顔を横に背けてしまう。

「アリス」

「………っ」

「よそ見しないで、俺を見て」

あまりに甘く切ないその声に視線を戻せば、焼け付くような瞳に囚われて。

「本当に、君が好きすぎておかしくなりそうなんだ」

心臓が、警鐘を鳴らす。顔に熱が集まっていく。

「嫌なら、言って」

「………え、」

「もし、いいなら。しばらく会えなくても耐えられる気がする」

流石の鈍いわたしでも、この雰囲気とその言葉から、アーサー様が何を言いたいのか理解してしまう。いつかはこういう日が来るとは思っていたけれど、まさかこんなにすぐだなんて。

なかなか反応出来ずにいるわたしを映す彼の瞳に、少しずつ不安の色が濃くなっていく。

緊張しているのはきっと、わたしだけではない。そう思うと、余計に彼が愛しく見えた。

「アーサー様、好きです」

返事の代わりにそう言えば、アーサー様はそれは反則だと、眉を下げて微笑んだ。

――好きだと自覚したのはつい先日なのに、今ではどうしようもなく彼のことを好きになっている自分がいる。この先、この気持ちはより大きくなっていくのだろう。

やがてアーサー様の顔が近づいてきて、わたしはそっと瞳を閉じたのだった。

変化

王都へ戻ってきてから一週間。わたしは毎日図書館と家を往復し、公爵家の歴史や領地についての資料や本を、片っ端から読み耽る日々を過ごしていた。アーサー様の婚約者として、最低限の知識は入れておかなければと思ったのだ。思っていた以上に学ぶべきことは多く、毎日があっという間に過ぎるのを感じていた。

アーサー様からは時折手紙が届いていて、何度もそれを読み返しては彼に会いたくなった。お手本のような読みやすい字で書かれているそれは、会いたいだとか好きだとか、読んでいるだけで顔が熱くなるようなものだった。

今日は久しぶりに外出する予定があり、わたしはハンナに支度をしてもらい馬車に揺られていた。大切な友人であるリリーの誕生日パーティがあるのだ。彼女に会うのも二週間ぶりで、とても楽しみだった。話したいことも沢山ある。

ちなみに今乗っている馬車も、アーサー様から頂いたものだ。新品を贈ると言われたけれど、流石にそこまでしてもらうのは申し訳無いとお断りした。けれど結局、使っていないという古い物を頂いてしまった。それでもとても立派で綺麗なもので、彼には本当に頭が上がらない。

「リリー、おめでとう！」

「アリス！　会いたかったわ。元気にしていた？」

会場に着き、真っ先にリリーの元へと向かう。同じ伯爵家の令嬢だけれど、彼女の家はとても大きな商売をしており、かなり裕福で今勢いがある家の一つだった。

今日は友人を集めたガーデンパーティで、軽い気持ちで来て欲しいと言われていたけれど、いざ来てみればかなり大規模なもので会場には人が溢れていた。

「……仲のいい友人だけでと言っていたのに、思いのほかお父様が張り切ってしまって」

「リリーの家はとても注目されているもの。それにとても素敵だわ」

「ありがとう。あちらにクラスメートの子たちもいるから、アリスも一緒に行きましょう」

二人で移動している間、リリーは不自然に周りをきょろきょろと見回していて。誰かを探しているように見えた。

「どうかした？」

「ううん。何でもないわ」

クラスメートの子たちが集まるテーブルへと着くと、皆笑顔で迎えてくれた。

「アリス様、とても綺麗！」

「アーサー様と婚約されてからというもの、より一層美しくなられたわよね。羨ましい限りだわ」

今日はアーサー様に頂いた新しいドレスを着て、髪や化粧もしっかりと綺麗にしてもらっている。

地味な姿の時と比べると、自分でも驚くほど垢抜けたように思う。

そうしてお喋りに花を咲かせていると、突然後ろから声をかけられた。

「もしかしてアリスかい？　久しぶりだね」

「……キース、様」

「見違えたな、一瞬君かどうか分からなかったよ」

彼の顔を見た瞬間、一瞬で楽しかった気分が台無しになる。太りすぎたせいで細くなった目で、わたしを頭の先からつま先まで眺めるその姿は、不愉快そのもので。

——キース・ゴールディング。彼は、グレイ様の兄だった。

「あのグリンデルバルド家の婚約者になったんだって？　すごいじゃないか、愚弟なんかと婚約せずに済んで良かったなあ」

「…………」

「うちの両親に感謝した方がいいぞ。あいつは子供の頃からずっと、君との婚約を頼み込んでいたのに、両親は何かと理由をつけて先延ばしにしていたんだから」

「えっ？」

「ようやく認められて申し込んだと思えば君は公爵家と婚約だなんて、タイミングが悪いにも程があるよな！　とんだ笑い話だよ」

そう言って大声で笑う彼に、不快感と苛立ちが募る。グレイ様のことは嫌いだけれど、キース様のことも昔から大嫌いだった。

知力や容姿も全てグレイ様に劣っている彼は、子供の頃からグレイ様を目の敵にしていた。高圧的で、人の粗を探しては嫌味を言ってばかりの彼は昔から皆に嫌われていたけれど。ゴールディング家は、長男と言うだけでキース様を優先し可愛がっていた。

それよりも、グレイ様が子供の頃からわたしとの婚約を頼み込んでいたなんて、信じられるはずがない。グレイ様だって一度もそんなことは言っていなかったし、初耳だった。

「それにしても綺麗になったなあ、アリス」

「……ありがとう、ございます」

「そのうち婚約者に捨てられたら、俺がもらってやってもいい。俺の言うことなら両親も聞いてくれるだろう」

いい加減にして欲しかった。彼はいつもグレイ様に苛められていたわたしを知っているから、何を言っても大丈夫だとタカをくっているに違いない。確かにいつもならば、何も言わずに黙っていたと思う。

それでも、わたしはこんな人に馬鹿にされるような生き方はしていない。グレイ様だって、わたしに対しては本当に最低だけれど、両親に振り向いてもらおうとキース様の数倍、努力していたのも知っている。

気が付けば、わたしは口を開いていた。

「ありがとうございます。けれど一生そんな日は来ません。キース様も冗談ばかり言っていないで、早くお相手を探しては？　婚約者どころか、結婚していてもいい年齢でしょうし」

「なっ」

「それにわたしは、婚約者のアーサー様にはとても大切にして頂いていますから。捨てられるなど有り得ません」

信じられないほどスラスラと言葉が出てきて、目の前で細い目を見開くキース様以上に、自分自身が驚いていた。心臓は大きな音を立てているし、冷や汗も止まらない。

けれど初めて言いたいことを言えたわたしは、とても清々しい気持ちになっていた。

「……っアリスのくせに、」

キース様の表情が、怒りに染まった瞬間だった。

「アリスの言う通り、俺が彼女を捨てるなんて有り得ないよ。あまり可愛い婚約者を苛めないでくれないかな」

……どうして、ここに。

気がつけばふわりと肩を抱き寄せられていて。隣を見上げれば、そこには見間違えるはずもないアーサー様その人がいた。

「ア、アーサー・グリンデルバルド様……！」

「アリス、元気だった？」

「どうして、」

「先日、とある集まりで君の友人に会ってね。今日のことを聞いて、時間が出来れば顔を出すと言ってあったんだ」

期待させておいて来られなかったら嫌だから、君には内緒にしてもらっていたんだと、アーサー様は微笑んだ。

……本物の、アーサー様だ。あまりに驚きすぎて、そんな当たり前の感想しか出てこない。たった一週間しか経っていないのに、とても長い間会っていなかったような気がした。

「俺は彼女と二人で過ごしたいんだ。そろそろ席をはずしてくれないか」

「し、失礼、します」

キース様は逃げるようにして、慌ててその場を去っていく。長年溜め込んでいた鬱憤が、少しだけ晴れた気がした。

「大丈夫だった？」

「はい、アーサー様のおかげで助かりました」

「俺は何もしていないよ。アリスが頑張ったんだから」

そう言って、アーサー様は優しくわたしの頭を撫でてくれた。

彼は何もしていないと言ったけれど、わたしがキース様に言い返せたのも全て、アーサー様のお蔭だった。彼に愛されているという、自信があったからだ。

「君に会えないこの一週間は、本当に長かったよ。この場で今すぐ抱きしめたいくらいだ」

「わたしも、会いたかったです。毎日アーサー様のことを考えていました」

「……本当に抑えきれなくなるから、あまり可愛いことを言わないで欲しい」

そう言って少しだけ顔を赤らめた、いつも通りのアーサー様にほっとする。そんな彼は、今日もその場に居るだけで、あっという間に周りの視線を集めていた。

「残念だけど、あまり時間がないんだ。一緒にリリー嬢のところへ行ってくれないか」

「はい、喜んで」

忙しい中、こうして会いに来てくれたことが何よりも嬉しい。大好きですと心の中で呟くと、わたしたちはしっかりと手を繋ぎ、リリーの元へと向かったのだった。

過去と感謝と

「またね、アリス」

「はい、また。お会いできて嬉しかったです」

「近いうちに会いに行くよ」

アーサー様は名残惜しそうにわたしの頭を撫でると、馬車へと乗り込んだ。一緒に居られた時間はとても短いものだったけれど、気持ちは満たされていた。馬車が見えなくなった途端、隣で一緒に彼を送り出していたリリーは、興奮したようにわたしに抱きついた。

「アーサー様って、どうしてあんなに素敵なのかしら？　まるで絵本から飛び出してきた王子様じゃない！」

まるで好きな舞台俳優のことを語る時のように、リリーの目はキラキラと輝いている。

「先日、知人の舞踏会ですれ違った時に、アーサー様の方から声をかけて下さったのよ。アリスの友人のリリー嬢ですよねって」

「アーサー様が？」

「ええ。一度挨拶しただけの私を覚えていて、声までかけてくださるなんて……。緊張しすぎてあまり覚えていないのだけど、確か今度の誕生日パーティにアリスが来ると話したの」

『アリスはそれに一人で参加を？』

『はい、友人同士のささやかなものにする予定ですので』

『……もし時間が出来れば、俺も顔を出していいだろうか？』

『も、勿論です！　アーサー様が宜しければ、是非』

『ありがとう、楽しみにしているよ』

リリーは、そんなやり取りがあったことを教えてくれた。アーサー様の記憶力と細やかな気遣いには、感服するばかりだ。

「アリスが羨ましいわ」

「リリー？」

「きっともうすぐ、私もお父様によって婚約者が決められるの。アリスとアーサー様のように、想い合える相手だといいけれど」

貴族の結婚というのは、ほとんどが政略結婚だ。その中で、こうして想い合えるのは果たしてどれくらいの確率なのだろう。お互いに愛人を作り、仮面夫婦のような家も多いと聞く。改めて自分が恵まれていることを実感した。

「私も校門で、適当に声をかけようかしら」

「ふふ、あんなに止めていたくせに」

そうして笑い合うとわたしたちは手を繋ぎ、再び会場へと戻ったのだった。

◇◇◇

「そろそろ、帰ろうかな」

窓の外を見れば、日が沈み始めている。リリーの誕生日から数日が経った今日、わたしは王都で一番大きな図書館へと来ていた。この建物自体が王都でも有数の巨大な建物で、オペラなどが行われるホールや会議室、カフェテリアなど様々なものが入っている。

コーヒーでも飲んで帰ろうかなんて考えながら、読みかけの本をカウンターで借り、廊下を歩いていた時だった。

「……君は、アーサーの」

「はい、アリス・コールマンです。お久しぶりです、公爵様」

目の前から歩いてきたのは、アーサー様のお父様である公爵様だった。あまりの予想外の出来事に一瞬固まってしまったものの、すぐに丁寧にお辞儀をする。

「今、時間はあるかい？　良ければ君と少し話がしたい」

「大丈夫です」

まさかの申し出に動揺しつつもそう答えると、公爵様は「付いてきなさい」と言ってゆっくりと歩き出した。その後ろをついて行くわたしの頭の中は、真っ白だった。

公爵様と二人きりで、一体何を話すというのだろう。もしもなにか粗相をして、アーサー様との婚約が解消されたらどうしようなんて悪い方にしか考えられず、今すぐ逃げ出したくなる。

応接室のような部屋へと着くと、公爵様と向かい合うようにして座った。

「コーヒーは飲めるかい？」

「はい、好きです」

「では私と彼女に一杯ずつ頼む。用意した後は彼女と二人にしてほしい」

近くにいたメイドにそう声をかけると、彼女は言われた通りにした後すぐに部屋を出て行った。

「今日は此処で会議があってね。君は何を？」

「図書館で、少し勉強をしていました」

「夏期休暇中だというのに、殊勝な心がけだ」

「いえ、本当に趣味のようなものなので」

そんな当たり障りのない会話をしながら、公爵様は一口コーヒーを飲むと、綺麗な所作でカップを置いた。そんな仕草も、アーサー様によく似ている。

「本題に入ろうか」

その言葉の後、やがてわたしの耳に入ってきたのは予想外すぎる言葉だった。

「大分成長していたけれど、君を一目見てすぐにあの時の少女だとわかったよ」

「…………？」

一体、何の話だろうか。全く見当がつかないまま、公爵様の話に耳を傾ける。

「アーサーが突然、伯爵家の娘と婚約させて欲しい、その代わりこの先の人生は全て私の言う通りにする。だからどうか許して欲しい、そう言って頭を下げに来た日は、本当に驚いたよ」

「……っ」

「私も気圧されてね。今まで我儘一つ言ったことない息子のそこまでの頼みだ、親としては叶えてやりたい。だが、グリンデルバルド家当主としてはとても聞ける頼みではなかった。公爵家に嫁ぐ女性だ、誰でもいい訳ではない。それにアーサーには、婚約者となる予定の女性もいたからだ」

「……はい」

「けれどアーサーのあまりの熱意に、ここですぐ断るのは得策ではないと考え、とりあえず婚約の許可を出した。そのうちにアーサーも仕方ないと納得できるような理由を作り、破棄させるつもりだったんだ」

ここまではクロエ様から聞いた話と同じだった。公爵様の対応も当然のことだ。それでも、アーサー様がわたしとの婚約をそんなにも必死に頼んでくれていたことを知り、胸が熱くなった。

「けれどその相手が君だと気づいた時、そんな考えはすぐに無くなったよ。あんなにも女性に興味を見せなかったアーサーが突然、婚約したいと言い出したのも納得だ」

「えっ？」

「……十年前の当時、私も妻もあの状態の息子になんと言葉をかけたらいいのか、全くわからなかったんだ。息子が喜ぶような楽しい話も出来なければ、そのうち元気になるという根拠のない励ましも、何も出来なかった。強い人だと思っていたはずの妻は、泣いてばかりでアーサーに会いに行くことすらままならなかった」

そう言った公爵様の手は、悔しげに固く握られていた。

「そんな中で君は、誰よりもアーサーに寄り添い、希望を与えてくれた。君の存在があったから、アーサーは手術を受けることを決意できたんだ。君がいなければ、今も息子はあの部屋に居たままだったかもしれない」

「…………」

「本当に、ありがとう。君にはずっと礼を言いたいと思っていた。どうか、これからもアーサーをよろしく頼む」

そして何も言葉が出てこないわたしに、公爵様は深々と頭を下げたのだ。

「お顔を上げてください！　わたしなんかに、そんな」

「アーサーの父親として、本当に感謝している」

そうして顔を上げた公爵様は、とても穏やかな優しい表情をしていた。

息子を愛する、一人の父親の顔だった。

「アーサーの相手が君でよかった」

「わたし、は……」

「今日、君に会えて良かったよ。突然時間を割かせてしまい、すまなかった。私はもう行くけれど、君はもう少しここで休んで行くといい」

公爵様はそれと、と付け加えた。

「今度は妻ともゆっくり話をしてやって欲しい。君があの時の少女だったと伝えた時には、泣き崩れていたよ。彼女からも礼をしたいと」

そう言ってアーサー様に似た柔らかい笑みを浮かべると、公爵様は部屋を後にした。

頭を下げたまま、わたしはその場からしばらく動けなかった。たった今公爵様の口から語られた話は、すぐに理解出来るような内容ではなかった。

一人残された部屋で、ぽふりとソファに身体を預ける。コーヒーはとっくに冷めきっていた。

……あの時の、少女。十年前。手術。

公爵様の話を少しずつ思い返し、整理していく。やがてひとつの仮説が思い浮かぶ。かちりとパズルのピースがはまったような、そんな感覚があった。

――まさか、そんなこと、あるはずがない。

瞳に宿る

「ねえミーティア。どう思う?」

ベッドの上で寝転がりながら、同じくベッドの上に横たわっているぬいぐるみの彼女に、そう問いかけた。公爵様に会ってからというもの、あの日聞いた話が頭から離れない。

このミーティアは、お祖母様がまだ元気だった頃に作ってくれたものだった。幼い頃からのわたしの宝物だ。

——わたしのお祖母様は、樹変症だった。

十万人に一人の奇病と言われているそれは、皮膚が茶色く固く変色していき、いずれは動かなくなっていくものだ。治療薬はごく僅かしか生産できず、値段は高騰していた上、使用したところで進行を遅らせることしかできない。

唯一の完治させる方法は、手術だけだった。それにも莫大なお金はかかる上、それが出来る医者も病院も限られている。お祖母様の場合は手術をする費用も、年齢のせいでそれに耐えうる体力もなかった。ただ大金を払い、進行を遅らせることしか出来なかったのだ。手術をしたところで当時の成功率はとても低かった記憶がある。

……そして彼も、お祖母様と同じ病だった。

お祖母様の入院する病院で、わたしは彼に出会った。子供は老人に比べて進行が遅く、すぐに命に関わるようなものではない。けれど彼の手足や顔の半分以上が包帯に巻かれていたことから、かなり進行していたんだろうと今更ながらに思う。

アーサー様に直接聞いてみたい気持ちはある。けれど彼の方からこの話をしてこないということは、隠しておきたい過去なのかもしれない。そもそも、この仮説が合っているとは限らないのだ。

もし事実だとしても、向こうから話してくれるのを待つべきだろう。

そんな事を考えながら、わたしはミーティアを抱きしめ、深い眠りに落ちていった。

「ゴールディング家のお茶会、ですか」

「ええ、奥様が是非アリスにも来てほしいって。婚約をお断りした後で少し気まずいかも知れないけど、私も居るから安心して」

「……わかりました」

数日後。お茶会のお誘いの手紙を片手に、お母様が部屋へとやってきた。定期的に開かれているそのお茶会にはお母様は毎回参加していて、わたしはたまに顔を出す程度だった。

全く気が進まないけれど、我が家が長い間ゴールディング家に援助して貰っていたという事実は変わらない。ここで断ることが出来るなら、今まで散々な苦労はしていないのだ。

奥様であるミランダ様は、元々グレイ様とわたしの婚約について反対していたようだし、正直気まずさはない。ミランダ様は噂好きで自慢好きで、そして何よりも目立ちたがり屋な女性だった。

今回わたしに声をかけてきたのも、公爵家の婚約者となったわたしとの繋がりを周りにアピールしたいだけだろう。

ミランダ様のお茶会は女性だけの集まりで、グレイ様やキース様が顔を出すことはない。とにかく話を合わせ、時間が過ぎるのを待とうと心に決めたのだった。

◇◇◇

そして当日。案の定わたしは、『貧乏な伯爵家の娘ながらアーサー様に見初められ、グリンデルバルド家の婚約者になった、令嬢の中の令嬢』として紹介されていた。

「彼女の素晴らしさについては昔から気付いていて、自分は昔から目をかけていた。いずれこんな日が来ると思っていた」なんてことを、ミランダ様は自慢気に触れ回っていた。

周りも「流石ミランダ様、先見の明がおありで！」ともて囃《はや》していて、わたしはただ苦笑いを浮かべることしか出来ない。

「アリス、疲れたでしょう？　少し席をはずしたら？」

「はい、ありがとうございます」

気疲れしていたわたしを、お母様が気遣ってくれたようで。お言葉に甘え、少しテーブルから離れることにした。ミランダ様の自慢のこの広く美しい庭は、子供の頃からよく来ていて、今や目を瞑っても歩けるくらいだった。

「わあ、綺麗……！」

少し奥の方にわたしの一番好きな花が咲き誇っているのを見つけ、思わず近寄り足を止める。とても甘くて、やさしい良い香りがした。この花は育てるのも大変で、優秀な庭師がいないと育たないのだ。もちろん、我が家の庭にはない。

「……アリス？」

突然聞こえてきた自分の名を呼ぶ声に、びくりと身体が跳ねた。

……どうして彼がここにいるのだろう。挨拶するのが面倒だからと言って、ミランダ様のお茶会の時間には、この辺りにはいつも絶対に近づかないはずなのに。

そう思っていると、視界に大きな金色が飛び込んできた。

「リック！」

ハッハッと舌を出しながらわたしにすり寄るのは、ゴールディング家の愛犬のリックだった。

美しい金色の毛並みをした大型犬のリックは子供の頃からよく一緒に遊んでいて、わたしにとても懐いてくれていた。

「ふふ、かわいい。あ、そんなに飛びついちゃ、きゃっ！」

久しぶりに会えて喜んでくれているのか、かなり興奮している様子だった。ものすごい勢いで飛び付いてくるものだから、思わずスカートを踏んでしまい、バランスが崩れる。

間違いなく転ぶ、と思ったわたしは目をきつく閉じた。……けれど、いつまでも衝撃はこない。

恐る恐る目を開ければ、グレイ様によってしっかりと抱きとめられていた。

「す、すみません……！　ありがとう、ございます」

本当に、わたしは馬鹿だ。きっと彼もそう思っているに違いない。とりあえずお礼を言い、彼の腕の中から出ようとしたけれど、その腕はぴくりとも動かなかった。

「……った」

「えっ？」

「会いたかった」

そして、よりきつくきつく、抱きしめられる。

……思い返せば、昔から何かと理由をつけられてはグレイ様とこまめに顔を合わせていて、彼とこんなにも会わないのは初めてだった。婚約者がいるわたしを、グレイ様が個人的に呼び出すことはもう出来ないからだ。

とにかく、婚約者がいる身でいつまでもこんな体勢でいるわけにはいかない。わたし自身、アーサー様以外にこうして抱きしめられるのは嫌だった。

「グレイ様、離してください」

「嫌だ」

「ふざけるのもいい加減に、」

「俺はふざけてなどいない！」

勇気をだして少し強く言えば、更に強い語気で返される。

やがて肩を掴まれゆっくりと身体を離されると、燃えるようなルビー色の瞳と目が合った。

『俺は、お前が嫌いだなんて一度も言ったことはない』

『あいつは子供の頃からずっと君との婚約を頼み込んでいたのに……』

頭の中で、そんな声が響く。今まで散々酷いことをしてきた癖に、急に優しくなったり、悲しそうな顔をしたり。本当に、グレイ様という人がわからない。

——もしかしたらわたしは、・・・・・・わかりたくないのかもしれない。

けれどこの熱っぽい、縋るような瞳をわたしは知っている。

「……アリス、俺は」

その瞳は、アーサー様がわたしへ向けるものと同じだった。

罪

気が付けば、わたしはグレイ様を突き飛ばすようにしてその腕を振り払っていた。心臓が、痛いくらいに跳ねている。怖かった。掴まれている肩も、その先の言葉を聞くのも。

「っ聞きたく、ないです」

そう言って、身を翻すとわたしはその場から逃げ出した。ドレスとヒールのせいで走りにくいけれど、その場から少しでも離れたくて必死だった。先程のグレイ様の顔が、瞳が、頭から離れない。

アーサー様に、会いたい。心からそう思った。

◇◇◇

逃げるようにして走っていくアリスの背中を、見えなくなるまでその場で見つめていた。先程まで彼女の体温を感じていた手のひらを、固く握りしめる。

リックもまた、彼女が去っていった方向を寂しそうに見つめていた。

「……お前も、昔からアリスが好きだったもんな」

そう口に出せば、虚無感が押し寄せる。初めは、ただ好きだった。それだけだったのに。

――彼女のことを好きになったのは、六歳の時だった。

当時の俺は、大切にしている物は全て兄に奪われていた。子供の俺が、五つも上の兄に力で勝てるはずもない。一番の宝物だったお祖母様に頂いた人形も兄に奪われ、目の前で壊された。奴は俺が悲しむのを見ては、嫌な笑みを浮かべ喜んでいた。

そんな兄を両親は軽く窘めるだけで、怒りもしない。俺が文句を言ったところで、我慢しなさいと言われるだけ。

……両親が俺よりも兄を可愛がっていることに気づいたのは、何時だっただろう。

幼いながらに、俺はもう何も大切な物を作らないと決めた。それを誰かに奪われるあの悲しみを、もう味わうのは嫌だった。最初からそんなもの無ければ、悲しい思いをすることもない。

そう、思っていたのに。

「はじめまして、グレイ様！　アリスと申します」

咲いた花のような笑顔を向けられた瞬間、そんな考えはあっという間に消えた。

一目惚れだった。俺の世界は、彼女によって一瞬で鮮やかに色付いた。

当時のアリスは、明るく活発で皆に愛されていた。そんな彼女の家と我が家は付き合いが多く、彼女とはすぐに仲良くなれた。会う度にどんどん好きになった。何よりも、大切だった。

それと同時に、彼女が誰かに奪われてしまうのではないかという不安も、日々膨らんでいった。

そんなある日。貴族の子息女を集めた集まりに、俺もアリスも参加していた。俺はいつものようにアリスの元へと一番に向かい、声をかける。

「アリス、今日は一緒に池の方に行こう」

「ごめんなさい、グレイ様。今日はジョシュア様にお話しようとお誘いされていて……。よろしければ、後でご一緒させてください」

ジョシュアは侯爵家の息子で、見目もよく令嬢達からも人気があった。そんな彼がアリスに好意があるのは傍から見ても丸わかりだった。アリスも彼と仲良くしていて、それを嫌がる様子はない。

俺は、ジョシュアが嫌いだった。

……アリスが、このままジョシュアに取られてしまう。

そんな考えが、頭の中を支配する。ドクン、と心臓が大きな嫌な音をたてた。

「……今日は、俺といて」

「えっ?」

「お願いだから、ジョシュアの所には行かないで」

「でも、」

「嫌だ、アリスは俺といるんだ!」

気がつけば俺は、大声を出して彼女のことを突き飛ばしていた。

尻もちをついたアリスの淡い桃色の瞳が、大きく見開かれる。何てことをしてしまったんだと、手が震え、すぐに彼女に謝ろうとした時だった。

「……わかり、ました」

彼女のその言葉に、今度はこちらが目を見開く番だった。突き飛ばしてしまった罪悪感よりも、彼女が他の所へ行かなくなることに安堵してしまった、自分がいた。

そして、気づいてしまったのだ。優しく頼むよりも、強く言う方が簡単にアリスは言うことを聞いてくれるということに。勿論、これが良くないことだというのは子供の俺でもわかっていた。

それでも、独占欲が勝った。

それからと言うもの、俺はアリスを無理やり縛り付けるようになった。彼女の周りから、人が居なくなるようにした。地味な服装をするよう言った。いつの間にか、ジョシュアはアリスに見向きもせず、他の華やかな令嬢と仲良くなっていた。

……ほら、その程度なんじゃないか。アリスは、どんなに地味な格好をしていても可愛いのに。

そのうち、アリスは俺の前で笑わなくなった。彼女に嫌われていくのが分かった。それでも、彼女が誰かの物になるのが一番嫌だった。何よりも怖かった。

こんな感情、もはや愛ではない。

けれど、やはり彼女を離したくなかった。そんな自分勝手な感情で彼女を傷つけ続けた俺が、彼女に受け入れて貰える訳がない。そんなこと、わかりきっていたのに。

久しぶりに見たアリスは、驚く程綺麗になっていた。

もしもあんなことをせずに大切にしていたら、彼女は今自分の隣に居ただろうか。あの花のような笑顔で、笑いかけてくれただろうか。愚かな俺は、そんな有り得ないことを考えてしまう。

「……ごめんな、アリス」

そんな声はもう、彼女に届くことはない。届いたところで今更、許されるはずもないのに。

来訪

ゴールディング家でのお茶会から十日程経ち、夏期休暇も半分が過ぎた今日。

わたしは自室でアーサー様がやって来るのを待っていた。数日前に彼から手紙が届き、「急で申し訳ないけれど、時間が出来たから会いに来たい」とのことで。

わたしはすぐに了承の返事を送り、今日という日が来るのを指折り数えて心待ちにしていた。久しぶりにゆっくりアーサー様に会えると思うと嬉しくて、昨夜はあまり眠れなかった。

やがて使用人によってアーサー様の来訪を知らされたわたしは、すぐに玄関へと向かう。

「久しぶりだね、アリス。急ですまない」

「いえ、お忙しい中ありがとうございます」

「いつ見ても、君は本当に可愛いね」

久しぶりに会ったせいか、普段の数倍眩しく見えてしまう。使用人達も皆彼に見惚れていて、今回初めてアーサー様にお会いしたハンナは、口が開いたまま固まっていた。

大したものではないけれどなんて言いながら、今日もアーサー様は申し訳なくなる程の手土産を携えていた。両親は今日も、ひたすら低頭平身している。

それからは広間でお茶をしながら、お互いの近況について話した。アーサー様は勉学に励んだり、様々な集まりに参加したりと、相変わらず忙しいようだった。

「普段、家ではどう過ごしているの？」

「自室で読書をしたり、刺繍をしたりする事が多いです」

「アリスの部屋か、行ってみたいな」

「何もない部屋ですけれど、それでも良ければ」

そうしてメイドに後でお茶を持ってくるよう伝え、自室へと向かう。

アーサー様と共に階段を上がって行き、部屋の中へと通した時だった。

「ずっと、こうしたかった」

パタン、とドアが閉まる音と同時に腕を引き寄せられ、わたしはアーサー様に抱きしめられていた。久しぶりの彼の優しい温もりと匂いに、幸福感で満たされていく。

「……ねえ、アリス」

「はい」

「グレイ・ゴールディングと抱き合っていたって、本当？」

突然のその言葉に、夢見心地だったわたしはすっと体温が下がっていくのを感じた。

……どうして、アーサー様がそのことを知っているんだろう。

彼に誤解をされてしまうのが嫌で、とにかく説明しなければと慌てて口を開く。

「母と参加したゴールディング家のお茶会で、転びかけた際にグレイ様に抱きとめて頂いたんです」

「…………」

「わたしの不注意で、本当に、すみません……」

抱きしめられたまま、何も言わないアーサー様に不安が募る。きっと、怒っている。彼という婚約者がありながら、わたしの不用心さと不注意が招いた事なのだ。幻滅されたかもしれない。

そうして、恐る恐る彼を見上げた瞬間、唇を塞がれた。

先日初めてした時のものとは違い、荒々しくて、食べられてしまいそうなそれに、頭の中が真っ白になる。息の仕方もわからず、唇が離れた時には頭がくらくらして、その場に座り込んでしまいそうになった。

そんなわたしを、アーサー様は再びきつく抱きしめた。

「アリスは、俺がどれだけ君のことを好きなのか、愛しているのかわかっていない」

「……っ」

「この話を聞いた時、君を何処かに閉じ込めて二度と外に出られない様にしようかと思った。二度と君を他の男に触らせたくない、見せたくないと思った」

そう言った彼の瞳は、真剣そのものだった。

「けれどそんな事をして、君を悲しませるのも嫌なんだ」

「アーサー、様」

「どんなに一緒に居たくても、俺が君の傍に居られる時間は限られている。お願いだから、もっと気を付けて欲しい」

「はい……。本当に、すみませんでした」

涙が零れそうになったけれど、きつく目を閉じて堪えた。こんなにもわたしの事を想ってくれているアーサー様に、嫌な思いをさせてしまうなんて。本当に馬鹿だ。

やがてソファに二人並んで腰掛けると、アーサー様はわたしの頭を優しく撫でた。

「先日、知人のパーティーで名前も知らない令嬢が、嬉々としてこの話を教えてくれてね。君が俺の婚約者には相応しくないのではないか、もっといい相手がいるかもしれないのだから周りに目を向けてみては、なんて言うものだから驚いたよ」

あの場面を誰かに見られていて、そしてそれがアーサー様の耳に入るだなんて、全く想像もしていなかった。自分を見る周りの目が、今までとは違うということを改めて実感する。

きっとクロエ様のような人なら、こんなことにはならない。自分の危機感の無さを悔いた。

「俺の婚約者、という君の立ち位置を狙う人間は多いんだ。今後も君を蹴落とそうとする人間が出てくるかもしれない」

「はい」

「普通の令嬢として生きてきた君に、いきなり全てのことに気をつけろと言うのは無理な話だと思う。多少の事なら俺がフォローも出来る。けれど、今回のようなことは気をつけて欲しい。何より、俺自身が嫌なんだ」

「分かりました。気をつけます」

「……本当は、君にこんな気苦労はかけたくないんだけど」

そう言ってアーサー様はわたしの髪に、優しくキスを落とした。

……やっぱり、彼はわたしに甘すぎる。本来わたしが怒られるべきなのに、何故かアーサー様が申し訳無さそうな顔をしていた。いつまでもその優しさに甘えるわけにはいかない。

「……幻滅、しましたか？」

「えっ？」

「少しくらい嫌いになったり、していませんか」

そして、気づいてしまった。彼からの愛情が損なわれるのが、何よりも怖いということに。

「俺がアリスを嫌いになることなんて、絶対にないよ」

「本当ですか？」

「うん。命を賭けてもいい」

「やっぱり、アーサー様は大袈裟です」

その言葉に安堵し、つい笑ってしまう。そんなわたしに、アーサー様は「アリスは笑っているのが一番だよ。可愛い」なんて言って微笑んだ。

「俺こそ、さっきはごめんね」

「さっき、ですか？」

「君の許可もないまま、いきなり口付けてしまった。嫌ではなかった？」

その言葉に、顔に熱が集まっていくのを感じた。先程のキスを思い出すと、アーサー様の顔が見られなくなりそうだった。

「嫌なんかじゃ、ないです」

「それなら、もう一回してもいい？」

「は、はい」

「顔、真っ赤で可愛い。……アリス、好きだよ」

——今はこんなにも腑甲斐ないわたしだけれど、いつか彼に愛されるに値する人になりたい。

そんなことを考えながら、わたしはアーサー様の唇を受け入れたのだった。

答え合わせ

「わあ、素敵。どれも綺麗ですね」

「どれが欲しい？　全部買おうか？」

「ど、どれも買って頂かなくて結構です！」

夏期休暇の最終日。わたしはアーサー様にデートに誘われ、二人で手を繋ぎ街中を歩いている。

ウィンドーショッピングのつもりが、すぐに何でも買ってくれようとする彼に慌ててばかりいた。

「何か欲しいものはない？」

「本当に何もないですよ」

「アリスはもうすぐ誕生日だろう？　君が欲しいものを、何かプレゼントさせて欲しいんだ」

「どうして、それを」

「俺は君のことなら何でも知っているから」

そんな冗談を言うアーサー様につい笑ってしまったけれど、彼がわたしの誕生日を知っていたことには素直に驚いた。毎年誕生日は友人を数人招き、小規模なホームパーティを開くだけなのだ。

だからこそ、わたしの誕生日など知らないものだと思っていた。

そんなわたしに、アーサー様は欲しいものを何か買うまで絶対に帰らないと言い出した。けれど本当に、欲しいものなど思いつかないのだ。ドレスも靴もアクセサリーも、十分贈って頂いている。

そう説明してもアーサー様は納得してくれず、しばらく考えた末にわたしは一つだけ思いついたことを口にした。

「あの、それではアーサー様と何かお揃いのものが欲しいです」

「……そんな可愛い答えが返ってくるとは思わなかったな」

アーサー様は、照れたように微笑んだ。

「じゃあ、一緒に探そうか」

「はい」

わたし達は手を繋いだまま、再び街の中を歩き出す。

彼がわたしの手を引いて入っていくお店は高級な店ばかりで、お揃いのキーホルダーのようなものを想像していたわたしは、再び焦っていた。もっと安価なものでいいと言っても聞き入れてくれない。自分も身につけるものだからと言われてしまえば、返す言葉がなかった。

結局、買って頂いたのは一粒の宝石がついたブレスレットで。シンプルだけれど洗練されたデザインのそれは、かなりのお値段で目眩がした。宝石は何種類かあって、わたしは迷わずアーサー様の瞳の色と同じアイスブルーのものにした。彼も、わたしの瞳の色と良く似た淡いピンクのものにしていて、なんだかすごく恋人っぽいなと思ってしまう。

アーサー様が腕に付けてくれたそれは、日の光に当たってキラキラと輝いていて、溜め息が漏れてしまうくらいに綺麗だった。

「アーサー様、本当にありがとうございます……！　宝物にします」

「俺もこれを君だと思って、大切につけるよ」

買い物の後は二人で昼食をとり、帰りの馬車へと乗り込んだ。馬車はまっすぐに我が家へと向かっていたけれど、もう少し一緒に居たいと思ってしまう。

そしてそれは、彼も同じだったようで。

「もう少しだけアリスと居たいな」

「実はわたしも、そう思っていました」

「本当に？　君さえ良ければ、家に来ないか」

「アーサー様のお家、ですか？」

「ああ。両親は今日も出かけているし、気を遣う必要はないよ」

「はい、喜んで」

まだアーサー様と一緒に居られることが、何よりも嬉しい。そうして馬車は方向を変え、グリンデルバルド家へと向かったのだった。

◇◇◇

「……これが、アーサー様の」

着いた先にあったのは、お城だった。絵本の中に出てくるような、お城。先日避暑に行った領地のお屋敷もかなりのものだったけれど、それとも比べ物にならないくらいのもので。

「将来、君も住むことになる家だよ」

「わたしが、ここに……」

「勿論、アリスと俺は同じ部屋だからね」

そんな事を言うアーサー様に、動揺しつつも屋敷の中へと足を踏み入れる。そしてわたしは、使用人の数やその質の高さ、屋敷の中の装飾品の豪華さなど、全てに驚いてしまうことになる。

「君が俺の部屋にいるなんて、不思議な気分だよ」

「とても素敵なお部屋ですね」

先日とは逆で、今日はわたしがアーサー様のお部屋にお邪魔したいとお願いした。白と金を基調としていて、シンプルだけれど華やかさがある素敵な部屋だった。ソファやテーブルなどの家具も全てが最高級品で、今腰掛けているソファの座り心地も信じられないくらいに良い。

「君に見せたいものがあるから、待っていて」

「はい、わかりました」

そう言って、アーサー様は部屋を出て行った。わたしはソファに腰掛けたまま、部屋の中を見回す。物がとても少なくて、アーサー様らしいなと思う。

やがて金色の大きなベッドで、わたしの視線は止まった。その枕の下からぴょこんと、ぬいぐるみの足のようなものがはみ出ていたのだ。

……アーサー様も、ぬいぐるみと寝たりするんだ。

あまりにも可愛すぎるその事実に、胸がときめく。そうしてぬいぐるみを見つめているうちに、わたしは気づいてしまった。その関節のボタンや布地に、見覚えがあることに。

勝手に部屋の中を歩いて、物に触るなんて良くないというのは分かっている。それでも、止められなかった。恐る恐るベッドへと近づき、ぬいぐるみへと手を伸ばす。心臓の音が、漏れてきそうなくらい大きな音を立てていた。

そしてそっと抱き上げたその人形を見たわたしは、かつての自分の予想が正しかったことを知る。

「……スターリー」

子供の頃、サイズアウトして着られなくなったお気に入りのドレスを、いつまでも捨てたくないと泣いてきかないわたしに、お祖母様が「これならずっと一緒に居られるでしょう」と、ドレスの布地やボタンでぬいぐるみを二つ作ってくれたのだ。それが、ミーティアとこのスターリーだった。

――――そしてこれは、わたしが彼にあげたものだった。

その場に立ち尽くしてしまっていたわたしは、やがて聞こえてきた足音に我に返った。

アーサー様が戻って来る前に、元の場所に戻さなければ。彼の方から話してくれるまで、黙っていようと先日決めたばかりなのだから。

そう思い、枕へと手を伸ばした瞬間だった。

「お待たせ、アリス。これなんだけど……」

気づいた時にはもう、遅くて。笑顔を浮かべるアーサー様の視線が、やがてわたしの手元で止まる。そして、彼の顔から笑顔が消えた。

沈黙が、続く。

腕の中のスターリーに視線を落とせば、十年も経っているのにこの子はとても綺麗だった。大切にされていたのが見て取れる。わたしはそっとその小さなぬいぐるみを抱きしめた。

もうこの状況で、誤魔化すことが出来ないのは目に見えている。

わたしは、意を決して口を開いた。

「……あなたが、アスランだったんですね」

過去1

「……あなたが、アスランだったんですね」

そう言ったアリスの顔はとても優しくて、穏やかで。泣きたくなった。

部屋へ戻ってきて、彼女の手にあるそのぬいぐるみを見た瞬間、頭が真っ白になった。

彼女の来訪に浮かれ、その存在は完全に頭から消えていたのだ。けれど、いつまでも黙っている訳にはいかないこともわかっていた。いいきっかけだったのかもしれない。

小さく深呼吸をすると、持ってきたお茶とアリスが以前食べてみたいと言っていた異国の茶菓子を、そっとテーブルに置いた。

「こっちで、話そうか」

「……はい」

アリスはぬいぐるみを抱いたまま、先程座っていたソファに腰掛ける。いつも俺は彼女の隣に座っていたけれど、今はなんとなくそこに座ってはいけない気がして、彼女の正面に座った。

「長い話になると思う。お茶もお菓子も君の為に用意したものだから、食べてくれると嬉しい」

「ありがとうございます、頂きますね」

そう言って、俺自身もティーカップに口をつける。温かくて甘い紅茶のお蔭で、少しだけ落ち着く事が出来た気がした。

「ずっと、黙っていてすまなかった。いつかは話さなければと思っていたけれど、勇気が出なかったんだ」

「いえ、わたしこそ、勝手にこんな……」

「アリスは何も悪くない。俺が悪いんだ」

今だって、あの頃だって。全部、俺が悪い。

「君が言う通り、俺はアスランと君に名乗っていた。初めて君に名前を聞かれた時、とっさに出てきたのが尊敬している叔父の名前だった。彼のようになりたいと、いつも思っていた」

「はい」

「公爵家の醜聞に繋がるのを恐れて、俺が樹変症だということを両親が隠していたのは知っていたから、本名を名乗ってはいけないんだと、子供ながらに思ったんだ」

――だからこそ、君に「アーサー」という本当の名前を呼ばれたのは、一緒に昼食をとったあの日が初めてだった。それがどんなに嬉しかったか、きっと君は知らないだろう。

「……初めて君に会った日のことは、今でも鮮明に覚えているよ」

◇◇◇

「こんにちは？」

「………！」

一人ぼうっと窓の外を眺めていた俺は、突然ひょっこりとドアの隙間から顔を出した女の子に、心臓が飛び出すのでは無いかというくらい驚いた。

俺が樹変症だと言うことは公爵家の醜聞に関わるため、両親とその腹心しか知らないようだった。親戚や友人と雖も隠し通しており、手紙のやり取りすら禁じられていた。

その両親すらあまり見舞いには来てくれず、医者くらいしか此処には顔を出さなかった為、余計に驚いたのを覚えている。

大きな淡い桃色の瞳と、目が合った。自分と目が合って、この姿を見ても逃げ出さない彼女が不思議で仕方なかった。

「迷っていたら、ここに辿りついたんです。わあ、すごいおもちゃの数！　全部あなたの？」

「そうだけど。……見る？」

きっと、この子もすぐに居なくなる。そう思いながらもそんな言葉が出たのは、きっと人恋しかったからだ。数え切れないほどのおもちゃや本、ぬいぐるみに囲まれていても、子供一人でこんな所にずっと一人でいて、寂しくないはずがなかった。

「入っても、いいんですか？」

「いいよ。敬語も要らない」

「ありがとう！　お邪魔します」

そう言って病室の中へと入ってきたのは、同い年くらいの可愛らしい女の子だった。その身なりから、それなりの家の令嬢だと言うのがわかる。

長い亜麻色の髪が陽の光を受けてキラキラと輝いていて、とても綺麗だと思った。

「わたし、アリス。あなたは？」

「僕は、……アスラン、だ」

「アスラン様！　よろしくね」

そう言って、彼女は真っ白い小さな手を差し出す。その先にあった俺の左手はまだ動いたけれど、その手を握り返すのは躊躇われた。

「……君は、怖くないの？」

「怖い？」

「僕は、見ての通り樹変症だよ。伝染るかもしれない」

この病気は、伝染るものではない。

けれど当時は症例数も少ないこと、知識が不十分だったことで、近づいたり触れば伝染るだとか、呪いの一種だと恐れられて、その患者には誰も寄り付かなかったのだ。

「自分の病気なのに知らないの？　わたし、お祖母様が樹変症だけれど、いつも抱きしめてもらっているもの。伝染らないよ」

「………っ」

そして彼女は、柔らかな小さな手で俺の手を握りしめた。「ほら、大丈夫でしょう？」と微笑んで。

……きっとこの時にはもう、彼女に惹かれていたと思う。

「アスラン様は、いつもここに一人でいるの？」

「アスランでいい。たまにお父様が来てくれるくらいで、いつも一人だ」

「そうなんだ。じゃあ、これからはわたしが遊びに来てもいい？」

「……勝手に、すれば」

本当は、彼女がそう言ってくれて何よりも嬉しかった。けれどずっとこの病室に一人でいて、やさぐれてしまっていた俺は、ついそんな冷たい言葉を吐き出してしまう。

「ありがとう。わたし、お祖母様のお見舞いでよく来ているから、その度に遊びに来るね」

「わかった」

けれど、本当に彼女がまた来てくれるとは思っていなかった。そう思ってはいけないと、自分に言い聞かせた。期待して彼女が来なかった時の寂しさや悲しさを、味わいたくなかったのだ。

こんな所で動けずにいる、包帯まみれの無愛想な俺に会いに来たって楽しいわけが無い。そんなこと、自分自身が一番わかっていた。

……それでも、彼女が帰ったあとすぐに警備の人間にも担当医にも、もし同い年くらいの女の子が来たら通して欲しいと頼んでしまっていたのだけれど。


「こんにちは、アスラン。今日はいい天気ね！」

「……なんで、」

次の日も、またその次の日も彼女は来た。

ベッドの傍に座って、俺の手を握って。アリスは色々な話をしてくれた。彼女のこと、家族のこと。いつの間にか、それが何よりの楽しみになっていた。

毎日、今日は彼女は来ないだろうかと考えるのが日課になった。

けれど不思議なことに、友人の話はほとんど出てこないことにある日気がついた。こんなにも明るくて可愛い彼女に、友人がいないとはとても思えない。そう思った俺は、直接彼女に問いかけた。

「アリスは、どうしてここに来てくれるの？　僕なんかより、楽しい話もできて一緒に遊べる友達

もいるだろう」

「……わたしね、あまり友達がいないんだ。それにね、怖いの。でも、アスランは怖くないんだ。アスランの目も声も、手も優しいのが伝わってきて安心するから」

「アリス……」

「だからアスランと話していると、楽しいよ」

こんなにも太陽のように眩しい彼女を、怯えさせる、悲しませるものは一体何なんだろう。たとえ知ったところで、こんな俺に出来ることなど何もないけれど。

この部屋に来てからというもの、沢山のことを諦めてきた。けれどこの時初めて、無力感や悔しさを覚えた。


そして彼女が遊びに来てくれるようになってから、三ヶ月が経った。彼女はいつも祖母の見舞いのあとに俺の部屋に寄ってくれていて、数日連続で来てくれることもあれば、三日くらい空く日もあった。

けれどある時、二週間経っても、彼女は来なかった。

その間は、生きた心地もしなかった。何か彼女を傷つけることを言ってしまったのだろうか。嫌われるようなことをしてしまったのだろうか。俺と居るのに、飽きたのだろうか。毎日そんな事ばかり考え、眠れない日々が続いた。

そして、二週間半が経った頃。

「こんにちは、アスラン！　遅くなってごめんね」

いつもと変わらない笑顔で、彼女は現れた。急な旅行で遠くへと行っていたのだと言う彼女に、心から安心したのを覚えている。

いつの間にか、俺は彼女に依存していたのだ。

いつも通り、アリスは俺の手を握りながら可愛らしい顔で、声で、外での出来事を話してくれた。

そしていつもよりも長い時間居てくれた彼女は、またすぐ来ると言って病室を後にした。

これからもアリスは来てくれる。その安心感から、この日の夜は久しぶりにぐっすり眠れた。

――彼女の祖母が、この日の二週間前に亡くなっていたのを知ったのは、それからしばらくしてからだった。

過去2

「昨日はね、メイドのハンナとケーキを焼いたの。お菓子作りってとても難しくて驚いちゃった。アスランは何のお菓子が好き？」

「僕は、アップルパイが好きだな」

「じゃあ、今度はアップルパイを練習するね！」

「うん、楽しみにしているよ」

アリスは絶対に、俺の病気についての話はしなかった。元気になったら、なんて話もしない。ひたすら、他愛のない話をしてくれた。それが何よりも嬉しくて心地良くて。それも全て、彼女の優しさや気遣いだと言うことはわかっていて、俺はそれに甘えていた。

……そんな彼女の祖母が亡くなったと知ったのは、それから一ヶ月ほど経った頃。回診をしていた医者の、何気ない一言からだった。

「アリス様も、お祖母様のことがあったのにこうして此処に来るなんて、本当にアーサー様と仲が良いのですね」

「お祖母様のこと？」

「先々月、亡くなったじゃないですか」

「…………え？」

彼は、アリスがいつもここに来ているのを知っていた。だからこそ、仲が良いはずの俺が知らないはずがないと思ったのだろう。

思いもよらない形でその事実を聞いてしまった俺は、しばらく声も出せずにいた。

――彼女は、あんなにも慕っていた祖母を亡くした後、同じ病の俺のために優しい嘘をつき、俺だけのために、辛い場所であろう此処へと会いに来てくれていたというのか。

俺はそんな彼女の事情も気持ちも知らずに、いつも自分のことばかり考えてしまっていた。

『こんにちは、アスラン！　遅くなってごめんね』

あの日、どんな気持ちで彼女は会いに来てくれていたのだろう。あの日の彼女の笑顔を思い出すだけで胸が張り裂けそうになり、涙が止まらなかった。

そして、そんな優しい彼女のことが好きだと気づいてしまった。アリスのことが好きで好きで、仕方がなかった。この先の人生で、こんなにも誰かを好きになることはないと思った。

けれど今の俺は、彼女に沢山の物をもらってばかりで、何も返せていない。このままでは、彼女に好意を伝えることさえ烏滸《おこ》がましい。

この部屋でいつまでも彼女を待つだけの自分はもう嫌だと、心から思った。


「ねえ、アリス」

「なあに？」

「僕、手術を受けようと思うんだ」

「えっ、手術を？」

「うん。元気になって、アリスに恩返しがしたい」

初めて自分から病気に関する話をすると、アリスはとても驚いたような、不安そうな顔をした。きっと同じ病気の祖母がいた彼女なら、その成功率の低さについても知っているのだろう。

「わたし、恩返しをしてもらう程のことなんてしてないよ。お祖母様のお見舞いのついでに、アスランにお喋りして貰ってるだけだもの」

「うん。僕が、勝手にしたいだけだから」

そう言えば、アリスは「アスランが決めたことなら何でも応援する」と微笑んで、両手でそっと俺の手を握ってくれた。いつも優しく俺の手を握ってくれる、彼女の小さくて温かい手が大好きだった。彼女が居れば、どんなことでも出来る気がした。

けれど、当時の手術の成功率は四十パーセント程度。これから先、歳をとる度にその成功率は更に減っていく。

彼女に話す前に父にその話をすれば、今すぐに手術をする必要はないと必死に説得された。今はまだ進行は遅い上、このまま手厚い治療を受け続ければ数十年は生きられるのだ。そんな中で死ぬ確率の方が高い手術など、止めるのも当たり前だろう。

それでも、俺の心はもう決まっていた。

この部屋でただ長い時を過ごすより、たとえ死ぬ可能性が高くとも、彼女がいる外の世界で生きる可能性に賭けたいと思った。アリスと一緒にお茶をしたり、二人で街に出かけて彼女に何かプレゼントをしたり。そんな当たり前のことがしてみたかった。

もちろん、死ぬのは怖い。子供ながらに、死というものは怖かった。両親にも、そして何よりアリスにも二度と会えなくなると思うと、とても怖かった。それでも。

『僕は、アリスと同じ世界で生きたい』

そう言った俺を、父はもう止めなかった。初めて、泣いている父を見た。やがて「応援する」「何でもするから一緒に頑張ろう」と抱きしめてくれて、気が付けば俺も泣いていた。

それからは、アリスがいない時には父もよく病室に来てくれるようになった。元気になったら何をしようとか、そういう話を沢山してくれるようになった。

そしてある日、赤く目を腫らした母も来てくれた。久しぶりに見た母はとても痩せて窶《やつ》れていたけれど、抱きしめてくれたその腕の中はとても温かくて、また涙が出た。

そんな話をアリスにすれば、自分の事のように喜んでくれた。この時の俺にとって彼女は、神様のような存在だった。

◇◇◇

手術の日が近づいてくると、俺は毎日恐怖と不安に押し潰されそうになっていた。

六十パーセントで、死ぬ。自分で決めた事とは言え、齢一桁の子供がその事実に耐えるのは不可能に近かった。眠れない日々が続き、突然涙が止まらなくなったりもした。

両親や医者の労りの言葉も胸に響くことはなく、誰も俺の気持ちなんて分かるはずがないと思っていた。この世にたった一人になったような、そんな孤独感に苛まれる。

この時の俺の精神は、完全に不安定だった。

そして、手術の数日前。アリスはまだ来ないかなと、ぼんやり窓の外を見ていた時だった。

いつもとは違う豪華な馬車から降りてきた彼女の隣には、知らない男の子がいて。いい身なりをした彼は、とても綺麗な顔をしていた。

——こんな姿の、僕なんかとは全然違う。

彼はアリスの手をしっかりと握って、何か親しげに話していた。やがて、彼女が馬車を降り建物に入ると、彼の乗った馬車はあっという間に見えなくなる。

「…………」

あの子は、誰なんだろう。アリスとはどんな関係なんだろう。僕よりも仲が良いんだろうか。

僕と違って、彼女と何処にでも行けるし、何でもしてあげられるに違いない。僕があの子に勝てることなんて、きっと一つもない。僕が死んだら、アリスは僕なんかのことは忘れて、ずっとあの子と居るんだろうか。

……そんなの、嫌だ。

その時の俺は、何もかも悪い方向にしか考えられなくなっていて、そして何よりもそれに拍車を掛けたのは、生まれて初めての嫉妬だった。

「こんにちは、アスラン」

「…………」

「どうしたの？　具合、良くない？」

今日も変わらない笑顔を浮かべ、アリスは病室へと来てくれた。けれど何も言わずにいる、暗い表情の俺を見て彼女は不安げな顔をしていた。

「……あの子、誰？」

「あの子？」

「今、一緒に手を繋いでいた」

「あっ……。グレイ様はたまたまお茶会で一緒になって、どうしても送っていくって言うから、」

「そんなの、聞きたくない！」

自分でも、あまりにも理不尽なことを言っているとわかっていた。アリスは何も悪くない。けれど、止まらなかった。

俺だって、彼女を馬車で送ってあげたり、彼女と一緒にお茶会に参加したりしたかった。自分に出来ないことをしているさっきの男の子が羨ましくて、悔しくて。自分が、惨めで。

——僕は、死ぬかもしれないのに。どうして、僕だけこんな目に遭わなければならないんだろう。

そんなどうしようもない苛立ちと、胸を潰されるような真っ黒な気持ちに、俺はもうどうしていいか分からなくなっていた。

アリスを見るだけで、胸が苦しくて仕方ない。アリスのことを考えるだけで、泣きたくなる。

もう、限界だった。

そうして俺は、人生最大の過ちを犯す。

「もう、来なくていい」

「アスラン……？」

「アリスにはもう、会いたくない！」

そんな言葉が口から零れた瞬間、激しい後悔に襲われた。

今まであんなにも良くしてくれた彼女に、俺は一体何を言っているんだろう。アリスに会いたくないなんて、そんなことあるはずがないのに。

けれど既に空気中に放たれたその言葉を、取り消せるはずも無くて。

こんな馬鹿な俺に、アリスも幻滅したに違いない。視界が、涙で歪んでいく。ごめんねアリス、そんなの嘘だよ、大好きだよ、と言いたいのに、声が出ない。

「ごめんね、アスラン」

「…………っ」

「この子はね、スターリーって言ってわたしの宝物なの。お祖母様が作ってくれたんだけど、わたしのミーティアとお揃いなんだ。アスランが手術を頑張れるようにって、持ってきたの。……もう要らないかもしれないけど」

そう言って、可愛らしいうさぎのぬいぐるみを渡された。このぬいぐるみのことは、何度も彼女から聞いていた。大好きな祖母が、大好きなドレスで作ってくれた宝物。

それを俺に、くれると言うのか。こんなことを言ってしまった、俺に。

その瞬間、涙がぽろぽろと瞳から零れていった。

「手術、頑張ってね。わたし、あなたが元気になれるようにずっと祈ってるから」

そんな言葉を残して、彼女はパタパタと走って行ってしまう。

大声で引き止めることも、彼女を追いかけることも、この身体では出来なくて。一人きりになった病室で、俺はただ泣くことしか出来なかった。

……俺は、何をやっているんだろう。何よりも大切で、大好きなアリスを傷つけた。あんなにも俺を救ってくれた彼女に、なんてことを言ってしまったんだろう。

——この日の事を、俺は一生後悔することになる。

それから、アリスは二度と此処へと来ることは無かった。そして数日後、俺は手術のために別の病院へと移ることになり、彼女との関わりは完全に失われたのだった。

そして俺が再び彼女に会うのは、それから五年先になる。

過去3

失意の中での手術は、無事成功した。

泣いて喜ぶ両親の姿を見て、自分は生きているのだと心の底から安堵し、大声を出して泣いた。

そして次に思い浮かんだのは、アリスのことだった。もしもこの事を伝えたら、彼女は喜んでくれただろうか。そんなことをぼんやりとする頭で考えていた。

それからしばらくは、手術の後遺症に苦しんだ。半年ほどそれに耐えた後には、辛いリハビリと副作用のある投薬が待っていた。地獄のような日々だった。

辛い時には、彼女に貰ったぬいぐるみを抱きしめて、一人で泣いた。誰もいない病室で、何度も彼女の名前を呼んだ。何度も、届かない謝罪の言葉を繰り返した。

二年後には無事完治し、皮膚の色も何もかもが元通りになり、人前に出られるようになった。今まで心配や迷惑をかけた両親の為にも、数年分の遅れを取り戻すように勉学に励んだ。色々な集まりに顔を出し、交友関係を広げた。

数年ぶりにまともに見た自分の顔は、思いのほか綺麗な顔をしていた。これでは彼女に再会しても、気づいて貰えないかもしれない。その上、擦り寄ってくる令嬢は跡を絶たず、かなり苦労した。彼女らに全く興味は湧かず、「アリスはこの顔が好きだろうか」という事だけが気になっていた。

目まぐるしい日々の中でも、アリスのことを考えない日は一日もなかった。

朝起きてから寝るまで、何度も彼女のことを想った。アリスは今日何時に起きたのだろうか、朝食は何を食べたのだろうか、そんなことを常に考えていた。彼女と会わない時間も、その想いは衰えることはなかった。

それでも、俺が彼女に会いに行くことはなかった。調べればきっと直ぐに彼女を見つけられるだろう。けれど、合わせる顔がなかった。あんなにも良くしてくれた彼女を、会いたくないなどと言って追い返したのだ。今更どんな顔をして会いに行けばいいか分からなかった。

……最後に見た、悲しそうな彼女の笑顔が、頭から離れない。

優しいアリスのことだから、気にしていないよと許してくれるかもしれない。いや、きっと許してくれるだろう。けれど彼女に関わらずにいる事が、何よりもあの日の自分への罰だった。

——けれど、もし。また何処かで彼女と偶然出会って、話しかけてくれることがあったなら。

『わたし、アリス。あなたは？』

今度はもう、あんな失敗はしない。彼女を絶対に悲しませたりなんてしない。

何よりも大切にすると、誓った。

あれから五年後。俺は友人らと共に王都の学園へと入学することになった。

確かアリスは同い年だったはず、もしかしたら同じ学園に居るかもしれない。この国には沢山の学園があるというのに、そんな都合のいい妄想をせずには居られなかった。

そして、入学式当日。沢山の同じ制服を着た人間で埋め尽くされたそこで、アリスを見つけるのはあまりにも困難だった。結局、式が終わっても彼女の姿は見つけられず、此処に彼女は居ないのかもしれない、そう思った時だった。

「これ、落ちましたよ」

聞き間違えるはずの無いその声に、俺は思わず足を止めた。心臓が、痛い位に早くなっていく。

その声がする方を振り向けば、あの頃よりも背は伸び、美しくなった彼女がそこに居た。

俺は息をするのも忘れ、ただ彼女を見つめていた。

「すみません、ありがとうございます」

「いえ、お気になさらず」

俺の後ろを歩いていた生徒が落とした手帳を拾ったらしい彼女は、あの頃と変わらない笑顔を浮かべていた。

……アリスが、いる。あんなにも夢見た彼女がそこに居る。

それだけで、俺にとっては奇跡のようなものだった。

一度も目が合うことはなく、立ち尽くしている俺の横を彼女は通り過ぎて行く。それだけで、胸が一杯になった。

それからというもの、毎日学園で彼女の姿を探すのが日課になった。他の誰かに向ける笑顔を見るだけで、胸が高鳴った。ただ彼女を見ているだけで、幸せな気持ちになれた。

俺は家格が高い子息子女が集められたAクラスだったせいで、アリスと同じクラスになることはこの先絶対にない。普段の彼女の様子が知りたくて、家来のビクターが彼女と同じクラスになるよう、知人のツテを使って頼んだ。

ビクターは想像以上の働きをしてくれた。彼女のことを毎日こと細かく教えてくれ、それが何よりの楽しみになった。彼女に婚約者も恋人も、親しい男友達さえいないと知った時には、何故か救われたような気持ちになった。居たところで、俺には関係の無いことだというのに。

同じ学園に居るのだ、もしかしたら彼女と関わる機会があるかもしれないと、当初は期待していた。けれど子供の頃とは違い、家格が違う彼女が俺に話しかけることなどあり得ないことだった。いつしか、そんな期待はしなくなっていた。

そして、そのまま四年の月日が経った。学園の卒業まで、そして俺にとってのタイムリミットまで、あと一年。父には、学園にいる間は誰とも婚約するつもりはないと強く言ってあった。一年後にはクロエと婚約することになると分かっていても、彼女と同じ学園にいる間だけは、まだ夢を見ていたかったのだ。

この頃になると、彼女のことは変わらず好きだったけれど、遠くから眺めるだけで幸せだと、心から思っていた。アリスが、幸せならそれでいい。本気でそう思っていた、のに。

◇◇◇

ある日の放課後、校門で一人立っているアリスを見つけた。帰りに彼女を見られるなんて幸せな日だと、思わず笑みが溢れる。

そして、彼女の目の前を通り過ぎようとした時だった。

「あの、わたしと婚約して頂けませんか⁉」

何が起きたのか、分からなかった。

突然、顔を真っ赤にした彼女がそう言ったのだ。彼女に聞こえてしまうのでは無いかというくらい、心臓が大きな音で早鐘を打っている。動揺しつつ周りを見渡しても、他に誰もいない。

――アリスが、俺に、話しかけている。

たったそれだけの事が、俺にとっては天地がひっくり返るような衝撃だった。

何故、彼女がいきなり婚約を申し込んでくれているのかは分からない。あまりにも自分に都合のよすぎる出来事に、夢かと思ってしまった。

……見ているだけでいいなんて、それだけで幸せだなんて、嘘だ。そう、自分に言い聞かせていただけだったのだと思い知る。

俺はきっとこの瞬間を、ずっと待っていた。

久しぶりにこんなにも近くで見た彼女は、あまりにも可愛くて、愛しくて。泣き出したくなるのを堪え、震える手をぎゅっと握りしめる。

そして、目の前の愛しい彼女に向かって、俺は笑顔を向けた。

「……いいよ、婚約しようか」

今度は絶対に、彼女を悲しませたりしない。

変わらないもの

アーサー様の話を全て聞き終えたわたしの瞳からは、止めどなく涙が溢れていた。

そして、今までの全てのことに納得がいった。突然あんな形で婚約を申し込んで、すぐに受け入れて貰えた理由も、アーサー様がこんなにもわたしに甘い理由も、何もかも。

こんなにも過去の自分が彼の救いになっていて、こんなにも長い間愛されていたんだと思うと、涙が止まらなかった。

「アリス。遅くなったけれど、俺のことを救ってくれてありがとう。そんな君を傷つけて、本当にすまなかった」

「わたしは、そんな……」

……そうだ。そもそも最初はお祖母様のお見舞いの帰り、病院内で迷った末に見つけた彼に、興味本位で声をかけた。そしてあんな狭い部屋に一人でいる彼に、子供なりに同情したのだ。とても寂しそうで、可哀想だと思った。だから、また遊びに来ると約束した。

けれど会いに行くうちに、いつの間にか彼に会いたいと思い病院に行くようになっていた。当時、まともに友人がいなかったわたしにとって、彼はとても大切な友人になっていたのだ。

彼はいつも、わたしの面白くもないであろう日常のありふれた話を、それはそれは嬉しそうに聞いてくれた。包帯から覗く綺麗な瞳が嬉しそうに細められると、わたしも嬉しくなった。毎日、嬉しいことや楽しいことがあると、彼に話そうとメモをとっていたのを思い出す。

全てわたしが好きでやっていたことで、感謝されるようなことではない。それにあの日追い返された時だって、彼の手術の方が心配でさほど気にしていなかった。

けれど彼の方はこんなにも気にしていたのだと思うと、胸が痛んだ。

「多分俺は、アリスが思ってるよりも重い男だと思う」

「……はい、」

「本当に、この十年間ずっと君だけを想っていた」

「………っ」

「君があの日俺に声をかけてくれて、今は俺を好きだと言ってくれている。俺にとっては全て、奇跡なんだ。この先君が俺の事を嫌いになったとしても、もう離してあげられない」

そっと手を握られ、縋るような瞳で見つめられる。

……あの日、もしも違う人に声をかけていたなら、きっとわたしは今ここにいない。アーサー様とも、あのまま関わらずに終わっていたかもしれない。それだってきっと、奇跡だ。

そのお蔭で、わたしは今こうして幸せだと思えている。

「すぐに、追いつきますから」

「えっ？」

「すぐにアーサー様と同じくらい、わたしも貴方のことを好きになります。いいえ、超えてしまうかもしれません」

きっと彼の十年に渡る想いは、わたしが思っているよりも、深くて、大きいものだと思う。けれどわたしは、本気でそう思っている。

こんなにも優しくて素敵で、誰よりもわたしのことを想ってくれている彼を、わたしはこれからも好きになり続けるだろう。そしていつか、彼の想いを追い越す日だって来るかもしれない。

そんなわたしの言葉に、アーサー様は一瞬、驚いたような表情を浮かべたけれど。

「……やっぱり今も昔も、本当に君が好きだ」

そう言って、泣きそうな顔で微笑んだのだった。

◇◇◇

「おはよう、アリス。元気だった？」

「リリー、久しぶり。先日はどうもありがとう」

翌日。長いようであっという間だった夏期休暇を終え、わたしは久しぶりに学園へと来ていた。

馬車を頂いたというのに今後も毎日迎えに来るとアーサー様は譲らず、結局お言葉に甘えて一緒に登校した。リリーに会うのは彼女の誕生日パーティ以来だった。

「アーサー様とは相変わらずみたいね。今朝も窓から見ていたけど、貴女達をみんな見てたわよ」

「達、というより、ほとんどはアーサー様だけでしょうね」

そんないつも通りの会話をしていたけれど、突然リリーは真剣な顔でわたしに向き直った。

「ねえ、アリス」

「なあに？」

「最近グレイ様と交流はない、わよね？」

「ほとんどないけれど、どうかした？」

わたしがそう言うと、リリーは辺りを見回し、わたしの耳元でそっと囁いた。

「最近、ゴールディング家のいい噂を聞かないの。お父様も、あの家とは絶対に関わらない方が良いって言ってたわ」

「ゴールディング家、が」

リリーのお父様は、一代で彼女の家の商売の規模を数倍にまで伸ばした人だ。そんな彼がそう言うのだから、本当なのだろう。それにあの家がいい噂を聞かないというのも、妙に納得してしまっていた自分がいた。

「せっかくアーサー様と幸せになったんだもの。アリスにはこのままでいて欲しいわ。だから、友人としてのお願いよ。絶対にあの家とは関わらないようにして」

「わかった。リリー、本当にありがとう」

今までの付き合いをいきなりゼロにすることは難しいかもしれない。けれど、リリーがここまで言ってくれているのだ。両親にも何か適当な理由を付けてしばらく関わらないよう、本気で頼もうと心に決めた。

——一瞬、あの日のグレイ様の縋るような赤い瞳が頭を過ぎったけれど。

わたしは気付かないふりをして、リリーとの話に意識を戻したのだった。

初めての言葉

「本当の本当に、何かないですか？」

「うん。アリスと過ごせるだけで十分だよ」

「それは、嬉しいですけど……困りました」

学園が始まって一週間。当たり前になりつつあるアーサー様との帰り道に、ふと誕生日はいつなのかと尋ねてみたのがきっかけだった。

すると「丁度言おうと思っていたんだけど、実は来月なんだ」と返されたわたしは、予想外の答えにしばらく固まってしまった。なんの根拠も無く、ぼんやりと数ヶ月先くらいに思っていたのだ。

誕生日パーティには一緒に参加して欲しいと言われ、勿論ですと笑顔で返事したものの、わたしはかなり焦っていた。もちろんパーティに向けて、アーサー様の婚約者として恥ずかしくない振る舞いを学び直すのも勿論だけれど、一番の問題はプレゼントだった。

先日、わたしの誕生日にはあんな素敵なものを頂いてしまったのだ。誕生日だけではない、普段から彼には沢山のものを頂いている。その恩返しのチャンスだというのに、何も思いつかない。そもそもわたしが買えるものなど、彼はいつでも簡単に買えてしまうから尚更だった。

そしてふた晩ほど悩んだ結果、本人に直接聞いてみることにしたのだけれど。

「本当にプレゼントなんて気にしなくていいよ。誕生日にアリスが婚約者として隣に居てくれるだけで幸せなんだ。ああ、ドレスも靴も用意しておくからね」

「それでは、どちらが誕生日か分かりません……」

ニコニコといつもと変わらない笑顔を浮かべるアーサー様は、いつも通りわたしを甘やかす。そんな彼に、喜んでもらいたいと心から思うのに。

「あと、例年親類は皆招待するから、クロエも来ると思う。なるべく傍に居るようにするから」

「はい、わかりました」

クロエ様も来ると思うと、やはり不安になってしまう。やはりわたしは彼女が苦手だし、怖い。けれどアーサー様にこれ以上気を遣わせる訳にはいかない。しっかりしなくては。

……結局、プレゼントに関しては数日悩み続けた結果、リリーのアドバイスもあり、刺繍したハンカチとペンを贈ることにした。ペンに関してはリリーの知り合いのお店で、とても良いものを安く買わせて貰えた。安いとは言っても、わたしの溜め込んでいた少ないお小遣いは、ほとんど消えてしまったけれど。

今王都では女性が男性に向けて刺繍をしたハンカチを贈るのが流行っているのだ。自分の瞳の色と、髪の色に似た色の糸で刺繍をすることで、「あなたといつも一緒に」という意味合いがあるらしい。アーサー様がこの話を知っているかは分からないけれど、もし自分が刺繍したハンカチを彼に持ち歩いて貰えたなら、とても嬉しい。

ハンカチもアーサー様が持ち歩くかもしれないと思うと安いものなど買えるはずもなく、わたしのお小遣いはすっからかんになったのだった。

そしてそれからというもの、アーサー様の誕生日までわたしは忙しい日々を過ごした。

◇◇◇

そして、誕生日当日。アーサー様に用意していただいたブルーの生地に金の見事な刺繍が入った素晴らしいドレスを着て、わたしは彼の横に立っていた。そんなわたしを見て、彼は恥ずかしくなるくらいに誉めちぎってくれた。

アーサー様はというと、白と深緑がベースの正装を着こなしていて、お会いした瞬間わたしはしばらく彼に見とれてしまっていた。こんなに素敵な人が、自分の婚約者だなんて未だに信じられない。そう思うのと同時に、彼に恥じないようにしなければと自分に活を入れた。

次々と祝いの言葉を述べに来る人々に、彼と共に笑顔で挨拶をする。純粋な好意を感じることもあれば、評価するような視線を感じることもあり、内心冷や冷やしていたけれど。隣にアーサー様が居てくれることが、何よりも心強かった。

「そちらが噂の婚約者の方ですね。あのアーサー兄様が夢中になっていると聞いておりましたが、とても素敵な方で納得しました」

「アリス以上の女性はいないからね」

「……本当に、こんな兄様を見るのは初めてです」

今アーサー様が話しているのは、彼の親類だというルイ様だ。お互いとても気さくに話していて、仲がいいのが見て取れる。そしてルイ様も、何より顔がいい。アーサー様のご両親は勿論、クロエ様もアスラン様も、彼の血縁者は誰も彼もが美しいことにわたしは驚きを隠せなかった。

楽しげに話すそんな二人を、遠巻きに見つめる令嬢も少なくない。ルイ様はわたし達よりも少し年下のようで、その顔にはまだ幼さが残っている。将来が末恐ろしい。

「あら、ルイ。先に来ていたのですね」

「クロエ姉様！　お久しぶりです」

そう言って現れたのは、クロエ様だった。相変わらずの彼女の美貌と存在感に、圧倒されそうになる。周りにいた人々も皆、彼女に釘付けになっていた。

「アーサー様、お誕生日おめでとうございます。今年もこうしてお祝いすることが出来て、嬉しいですわ」

「ありがとう、クロエ。今日は楽しんでいって欲しい」

「はい、ありがとうございます」

そう言って綺麗に微笑むと、ルイ様を連れて人混みの中へと消えていく。今日もわたしの存在は完全に無視していたけれど、彼女がすぐにこの場を離れたことに思わずほっとしてしまった。

一時間ほど経った頃、アーサー様はご両親に呼ばれ、わたしは一人になっていた。彼はとても申し訳なさそうにしていたけれど、今日の主役なのだ。今までずっと一緒に居てくれただけでも、かなり気を遣わせてしまったように思う。

そうして飲み物片手に、一人で壁際に立って会場をぼうっと眺めていた時だった。

「あの、アリス様」

「ルイ様、どうかされましたか？」

わたしの元へとやって来たのは、ルイ様だった。彼は眩しいくらいの笑顔を浮かべている。

「僕、アーサー兄様に憧れているんです。だから、そんな兄様に愛されているアリス様ともお話がしてみたくて」

「わたしでよければ、喜んで」

一人でいるのは正直心細く、こうしてルイ様に話しかけて貰えて嬉しかった。そうして彼と、アーサー様の話をしていた時だった。

「ルイ、こんな所にいたの」

「はい。アリス様とお話をしていたんです」

こんな所、と言うところに棘を感じたけれど、わたしは笑顔のままクロエ様に会釈をした。彼女はわたしにちらりと視線を向けると、深いため息をついた。

「いつまで、婚約者ごっこをするおつもりですか」

「婚約者、ごっこ？」

「もう学園も卒業の年でしょう？　時間がありませんわ、いい加減にアーサー様を解放して頂けないかしら」

当たり前のことのように、クロエ様はそう言ってのけた。

「クロエ姉様、アーサー兄様はアリス様を心から愛しておられるようです。そんなことを言っては、」

「お黙り。お前には分からないことです」

「…………っ」

わたしを庇うようにそう言ってくれたルイ様にも、きつい物言いをするクロエ様に怒りを覚えた。

そしてこのまま黙っているのは、アーサー様に対しても失礼だ。小さく震える手を、きつく握りしめる。いつまでも、弱気でいるわけにはいかない。

……わたしは、誰よりも彼に愛されているのだから。

「アーサー様との婚約を、解消することはありません」

「貴女、何を」

「今のわたしは、アーサー様に相応しくないかもしれない。けれどいずれ、絶対に彼に相応しい人間になってみせます」

「口先だけでは、なんとでも言えるでしょう」

彼女の言う通りだ。今までずっと努力してきた彼女からすれば、こんなわたしの言うことなんて薄っぺらく聞こえるに違いない。それでも。

「……アーサー様を、愛していますから。彼のそばにいる為に、どんな努力だってしてみせます」

生まれて初めて使ったその言葉は、驚くほどしっくりときて。すとんと胸に落ちていく。

「っわたくしだって……」

わたしの言葉に対し、クロエ様が苛立ったように口を開いた時だった。

ふわりと、突然後ろから抱きしめられたのだ。

「そんな大事なこと、俺のいないところで言わないでくれないかな。危うく聞き逃すところだった」

そんな声に後ろを見上げれば、耳まで真っ赤にしたアーサー様がいて。

照れたようにその目線は逸らされ、行き場を無くしていた。


「思いがけない誕生日プレゼントだったよ」

照れ臭そうに微笑むアーサー様を前に、まさか聞かれているとは思わなかったわたしは、一気に顔に熱が集まっていくのを感じていた。

クロエ様もルイ様も、突然の彼の登場に驚いている。やがてアーサー様はわたしから離れると、クロエ様に向き直った。

「クロエ、すまなかった。俺のわがままで君を巻き込み、傷つけてしまった」

「…………っ」

「けれど俺はもう、彼女以外と婚約する気はない」

そうはっきりと言い切ったアーサー様に、嬉しさと安心感とで、胸が満たされていく。

一方で、クロエ様の大きな瞳には涙が溜まっていた。

「わたくしはずっと、貴方の事が……」

「……本当に、すまない」

「お顔を上げてください！」

そう言うと、アーサー様はクロエ様に向かって頭を下げた。クロエ様は勿論、周りにいたわたし達の誰もが予想し得なかった彼のその行動に、驚きを隠せない。

彼がどれだけ彼女に対して申し訳なく思っているのか、苦しいくらいに伝わってくる。

「本当に、本気、なんですのね……」

勿論、それは彼女にも伝わったのだろう。

クロエ様はそう呟くと、ドレスを翻し早足に去っていった。一瞬見えた彼女の横顔には涙が伝っていて、胸が痛んだ。

「アリス、すまない。遅くなってしまった」

「いえ、先程のお言葉、とても嬉しかったです。ルイ様も庇って下さり、ありがとうございました」

「僕は何も……。それよりも、あんなに怒っているクロエ姉様は初めて見ました」

「……本当に、クロエには申し訳ないことをした」

けれどたとえ家の為だとしても、君を諦めるのは無理だとアーサー様は眉を下げた。

「アリス様の先程のお言葉も、胸に響きました。愛し合うお二人は本当に素敵です」

「ル、ルイ様」

「俺も、もう一度聞きたいな」

「あまり、からかわないでくださ い……!」

あの時は自然に口から出たけれど、今は思い出すだけで顔から火がでそうなくらい、恥ずかしい。

そんなわたしの頭を撫でるアーサー様は、ひどく優しい笑みを浮かべていた。

「あちらで皆が待っているから、行こうか」

彼が示した先には、ノア様とライリー様がいて。目が合うと二人は笑顔で手を振ってくれる。

ルイ様に改めてお礼を言い、手を引かれながら彼らの元へと向かおうとした時だった。

「……俺も、愛してるよ」

不意に耳元で、そう甘く囁かれたわたしは、その場で腰が砕けそうになってしまったのだった。

◇◇◇

「今日は本当にありがとう、疲れただろう」

「いえ、こちらこそありがとうございました。一緒にお祝いする事ができて、嬉しかったです」

やがてパーティも終わりを迎え、わたしは近くの部屋でアーサー様と二人、お茶を飲みながら休んでいた。温かいお茶が身体に広がっていき、ほっと肩の力が抜けていく。

そしてプレゼントを渡すには今が絶好の機会だと思い、わたしは預けておいたを紙袋をアーサー様に手渡した。

「良かったら、受け取ってください」

「俺に？」

「はい、大したものでは無いんですけれど」

「……嬉しくて、泣きそうだ」

「アーサー様は、いつも大袈裟です」

開けてもいい？　と聞かれ、頷けば彼は宝物を扱うかのように、丁寧に包装を開けていく。

まず出てきたのは、ペンだ。深い青色の高級感のあるそれは、アーサー様に似合うと思って選んだものだった。

「ありがとう、本当に嬉しい。一生大切に使うよ」

「喜んで貰えて良かったです」

「まだ、あるの？」

奥にあるもうひとつの箱をそっと開けた瞬間、彼は驚いたように中身とわたしを見比べた。

「これ、アリスが？」

「はい。わたしが縫いました」

「先日、ライリーに聞いたんだ。意中の男性に、自身の髪や瞳の色で刺繍したハンカチを贈るのが流行っていると。もしかして、それなんだろうか」

「……はい、お恥ずかしいですけれど。持ち歩いて頂けたら、とても嬉しいです」

「当たり前だろう。肌身離さず、一生持ち歩くよ。俺が死んだ後には一緒に墓に入れて欲しい」

「ふふ、本当に大袈裟です」

相変わらずの彼に思わず笑みがこぼれると同時に、幸福感に胸を締め付けられる。喜んで貰えたようで、本当に良かった。

アーサー様は何度もペンやハンカチを見ては、嬉しそうにしていたけれど。やがてそれらをテーブルにそっと置くと、彼はわたしを優しく抱き寄せた。

「本当に、本当に嬉しい。ありがとう。人生で一番幸せな誕生日だ」

「はい、お誕生日おめでとうございます。アーサー様」

お礼を言いたいのはこちらの方だ。わたしは沢山の物だけでは無く、数え切れないほどの幸せを彼から貰っている。

……生まれてきてくれて、ありがとうございます。

彼の腕の中で瞳を閉じながら、わたしは心の中でそう呟いた。

音楽祭

「音楽祭に、わたしが？」

音楽祭。毎年この学園で秋に開催されるそれは、最終学年の各クラスの代表が、楽器の演奏や歌を披露する場だ。生徒だけでなく保護者や関係者等も集まるそれは、毎年ハイレベルなもので。高額を払ってでもチケットを手に入れたいという人もいる程の人気イベントだった。

そしてその音楽祭に代表として出ないかと、突然わたしに声がかかったのだ。

「ええ、アリス様しかいないと皆も言っております」

「そんな、わたしなんて」

「良かったら、一緒に頑張りませんか?」

そう言って、委員長の後ろから現れたのは、同じクラスのフィン・レイノルズ様だった。伯爵家の子息である彼とはほとんど話したことはないけれど、クラスの女の子達からの評価は高く、よく話には聞いていた。

「アリス様のピアノとレイノルズ様のバイオリンで、二重奏を是非やって頂きたいのです」

音楽祭は何人で参加してもいい事にはなっているけれど、大抵は一人か二人だ。特にピアノとバイオリンの組み合わせが一番多い。

急な誘いにわたしは戸惑いを隠せないでいた。大勢の前に出ることがそもそも得意ではないのだ。ピアノに関してはお母様がプロ並みの腕前で、幼少期からずっと教え込まれていた。正直、自分で言うのも何だけれど、上手い方ではあると思う。

けれど音楽祭で自分が弾くなど、想像したことすらなかった。

「音楽の授業で何度かお聞きしましたが、アリス様のピアノは本当に素晴らしいですよ。それに、音楽祭に出ることで学園内での評価も上がりますし、悪い事ではないと思うんです」

「学園内での、評価……」

――もしも音楽祭に出て結果を残せば、アーサー様の婚約者として少しは周りから認めてもらえるだろうか。ふと、そんなことを思ってしまった。

傍から見ればわたしは、貧乏伯爵家の何の変哲もない娘だ。どう考えてもアーサー様とは釣り合わない。きっと学園中、いや社交界中の誰もが思っていることだろう。そんな中で、少しでも自分の評価を上げるチャンスがあるならば、やってみるべきなのではないか。

「わかりました、是非やらせてください」

「ありがとうございます、とても楽しみですわ！　お二人共、よろしくお願いします」

「コールマン様、これからよろしくお願いします」

「こちらこそ」

レイノルズ様に差し出された手を握り返せば、その手はとても温かくて。アーサー様の少しだけ冷たい手を思い出し、彼が恋しくなった。

◇◇◇

「アリスも音楽祭に出るんだね。君の演奏を聞くのが楽しみだ」

「も、ということはアーサー様もですか？」

「ああ、俺はバイオリンで出るよ」

帰り道の馬車の中で、わたしは早速アーサー様に音楽祭に出ることを報告していた。

アーサー様に、バイオリン。あまりにも似合いすぎるその組み合わせに、胸が高鳴る。彼がバイオリンを奏でる姿は、誰よりも素敵に違いない。音楽祭がより楽しみになった。

「明日から放課後に練習することになったので、しばらくは一人で帰りますね」

「家で練習するのではなく？」

「はい。クラスメートの方と二人で」

「それって、男？」

「はい、レイノルズ伯爵家の方です」

わたしがそう答えると、アーサー様は深い溜め息をついた。

「一緒に帰れなくなる上に、これから毎日男と密室で二人きりだなんて」

「そ、そんな……ただ練習するだけですから！　それに委員長も付き添ってくれることになっていますので」

慌ててそう言ったものの、彼の表情は晴れないままで。

「本当に練習するだけです。それに、」

「それに？」

「わ、わたしは、アーサー様しか見えてませんから」

彼を不安にさせまいと、なんとも恥ずかしいことを言ってしまった。

けれど、効果は抜群だったらしい。

「……そんな可愛いことを言われたら、何も言えなくなるな」

アーサー様はそう言ってわたしを抱きしめると、髪に軽くキスを落とした。そんな彼の行動に未だに慣れることはなく、一気に心臓がうるさくなる。

「アーサー様はお一人で？」

「いや、クラスメートと二人だよ」

「相手は女性の方ですか？」

「うん。ヴァレンタイン家の令嬢と」

「ヴァレンタイン……スカーレット様ですか」

アーサー様のお相手はスカーレット・ヴァレンタイン様だった。以前、デートの時に彼女の名前を出してしまった時にも、彼は全く興味のない素振りをしていた。

とは言っても、彼女は学園一の美女なのだ。少しだけ、胸の奥がざわついた。

「俺は練習なんてほとんど要らないし、そのうち数回合わせて終わりにする予定だよ」

「さ、流石ですね……」

溢れ出るその余裕がとても羨ましい。わたしは既にプレッシャーに押し潰されそうで、今日から寝る間も惜しんで練習する予定だと言うのに。

「登校時と昼休みにはこれまで通り会えるんだし、音楽祭が終わるまで我慢するよ」

「はい。わたし、頑張りますから！」

「ははっ、なんだかアリスはすごいやる気だね。俺も見習わないと」

――アーサー様の婚約者として、完璧な演奏をしよう。

その思いを胸に、わたしはやる気に満ちていたのだった。

重なる面影

そして翌日の放課後。三人で練習室に集まり早速合わせてはみたものの、奏でられたそれはあまり耳に優しいものでは無かった。そもそも昨日の今日だ、個人でも完璧とは言えない。

その上、わたしもレイノルズ様も合奏をするのは初めてだった。当たり前ではあるけれど、先は長そうだと実感する。

けれど、彼のバイオリンの腕前はとても素晴らしいものだった。わたし次第で入賞も狙えるかもしれない。ちなみに、十二クラスある中で上位三クラスが表彰されることになっている。せっかく出るのだ、そのラインを狙いたい。

「こういうのって、まず俺たち自身が打ち解ける必要があると思うんです。良かったら、みんな敬語は無しにしませんか？」

「わたしは別に、構いませんが……」

「私は皆様よりも身分は下ですから、是非お二人だけで」

「気にしませんよ。クラスメートですし」

「そうです、わたしも委員長と仲良くなりたいです」

「アリス様、レイノルズ様……！」

わたしたちがそう言えば、委員長は感動したように瞳を潤ませた。わたしたちは伯爵家の生まれだが、彼女は子爵家だ。けれど学園内では、友人間での身分差はあまり気にしない人が多い。アーサー様と、ライリー様やノア様だってそうだ。

「これからは気楽に、友人として頑張ろう」

「う、うん。頑張ろう」

「ありがとう、皆で頑張ろうね！」

男性に対して敬語を使わないなんて、子供の頃以来だ。慣れない上に違和感もかなりある。

こうして、わたしたち三人の練習はスタートしたのだった。


それから二週間が経った頃には、毎日一緒に練習しているうちに完全に打ち解け、いつしかお互い名前で呼び合うようになっていた。

「うーん、アリス嬢はここのタイミングが苦手だね」

「確かにもう少し溜めてから入るべきだったかも。フィン様はここ、今よりも早めに入ってきてほしい」

「わかった、気をつけるよ」

その結果、お互い気楽に指摘し合えるようになり、演奏の質は大分上がってきたように思う。何より、こうして三人で放課後に練習するのが楽しいと思えるようになっていた。

「あと、フィン様は少しアリス様の方を見すぎよ」

「えっ、そうかな？　ごめんね」

そんな委員長の言葉に、照れ臭そうにフィン様は笑った。艶のある薄い栗色の髪と瞳の彼は、とても整った顔をしている。その笑顔はとても柔らかくて、こちらが思わずほっとしてしまうほどだ。

そしてこの二週間で気づいたのは、彼が誰よりも優しい人だと言うことだった。わたしがどんなにミスをしても、怒るどころか喜んで指導してくれるのだ。クラスの女の子達に、彼が人気なのもわかる気がした。

◇◇◇

その翌日、アーサー様は昼休みしか練習室を借りられなかったらしく、わたしは久しぶりにリリーと共に学食へ向かっていた。途中やけに廊下が騒がしく、何だろうと人々の視線の先を辿ってみれば、練習室へと向かう途中であろうアーサー様とスカーレット様がいた。

二人が並んでいる様子はまるで絵のようで、皆が見とれてしまうのもわかる。そして何を話しているのは分からないけれど、アーサー様はとても楽しそうな笑顔を浮かべていて。自分以外の女性に、彼がそんな笑顔を浮かべているのを初めて見たわたしは、胸が締め付けられるような息苦しさを感じていた。

……毎日フィン様達と練習している自分のことを棚に上げて、女性と笑顔で話しているだけでこんな気持ちになるなんて。思っていたよりも自分の心が狭いことに気づいてしまい、余計にへこんでしまう。

学食に着き、そんなことを忘れるようにリリーとおしゃべりに花を咲かせていると、ふと隣から声をかけられた。

「あれ、今日はグリンデルバルド様と一緒じゃないんだ」

「アーサー様も、音楽祭の練習があるらしくて」

「あれくらいの人は何でも出来そうだよな。あ、良かったら俺たち隣のテーブルに座っていいかな」

リリーに断りを入れたあと、どうぞと答えればフィン様とご友人達は隣のテーブルに腰掛けた。

「レイノルズ様とアリス、最近仲良いわよね」

「ミリア委員長と三人で、毎日一緒に練習してるもの」

「アーサー様とスカーレット様も、二人きりで練習しているうちに親密になったりして」

「ひ、ひどい」

「冗談よ。あれだけアリスに一途なアーサー様だもの、いくらお美しいスカーレット様だとしても、他の女性に靡くとは思えないわ」

確かにリリーの言う通りだ。アーサー様が簡単に心変わりするとは思えない。それくらい彼に大切にされているし、愛されている自信はある。慢心も良くないとは思うけれど。

そんな会話をしていると、フィン様がこちらをじっと見ていることに気がついた。

「俺は、ヴァレンタイン様よりもアリス嬢の方が可愛いらしいと思うけどな」

「えっ？」

「アリス嬢を見ていると庇護欲が湧くんだよね。俺のい、」

「アリス、ここに居たんだ」

フィン様の言葉と被るようにして、突然わたしの肩に手を置いたのはアーサー様だった。練習室にスカーレット様といるものだと思っていたわたしは、驚きを隠せない。

「練習、もう終わったんですか？」

「ああ。昼休みは練習したい人が多いみたいで、前半だけ使って練習室を譲ってきたんだ」

「そうだったんですね。お疲れ様です」

「ありがとう。ここ、座っていいかな」

「はい、どうぞ」

笑顔のアーサー様は、フィン様とは反対側のわたしの隣に腰掛けた。スカーレット様との練習を終えるなり、すぐにわたしに会いに来てくれたんだと思うと、とても嬉しい。

「リリー嬢も、急にごめんね」

「いえ、今日も目の保養にさせて頂いています」

「ありがとう。……アリス、そちらは？」

「一緒に音楽祭に出る、クラスメートです」

「初めまして、フィン・レイノルズと申します」

「彼女の婚約者の、アーサー・グリンデルバルドだ。音楽祭まで、アリスをよろしく頼む」

「はい、一緒に頑張らせて頂きます」

そうして、アーサー様を交えて他愛ない会話をしているうちに、昼休みも終わりが近くなってい た。やがて教室に戻ると、フィン様は興奮気味にわたしの元へやってきて、前の席に腰掛けた。

「グリンデルバルド様って、本当にアリス嬢のことが好きなんだな。ずっと完璧でお堅い人のイメージだったけど、今日で親近感が湧いたよ。普通の人間なんだなって」

「どうして?」

「さっき、完全に俺に釘を刺してただろ? アリス嬢は俺の婚約者だからな、って。向かう所敵なしって感じなのに、君の前だと意外と余裕がないんだね」

「そ、そうなのかな」

もし、本当にそうだとしたら。フィン様にはなんだか申し訳ないけれど、嬉しいと思ってしまう。

「今後は君との距離感も気をつけるようにするよ。でも、アリス嬢って俺の妹に似ているんだよな」

「妹さんがいるの?」

「ああ。俺と君の髪色、似ているだろう? 妹も同じ色でね、雰囲気とか、笑った顔もすごく君に似ているんだ」

妹さんのことを話すフィン様は生き生きとしていて、とても可愛がっていることがわかる。わたしには兄妹がいないから、仲のいい兄妹というのは羨ましい。

「身体がとても弱くてほとんど寝たきりで、ずっと領地で静養しているんだけどね。妹に恋人が出来たりしたら、俺は多分死ぬと思う」

「……ええと、それは」

やけにフィン様が、わたしに優しい理由がわかった気がした。そして彼がかなりのシスターコンプレックスだと言うことも。

世の中には三人自分と同じ顔の人がいると言うけれど、誰かに似ているなんて初めて言われた気がする。いつかフィン様の妹さんに、会ってみたいと思った。

一方通行

いよいよ本番の日がやって来た。

音楽祭までのこの数週間、三人で練習に練習を重ねた結果、課題曲は満足いく仕上がりになっていた。あとは緊張でミスさえしなければ、十分に上位を狙えるように思う。

控え室で手を温めながらフィン様と他愛のない話をしていると、アーサー様が声をかけに来てくれた。その後ろには、スカーレット様の姿もあった。彼女をこんなにも近くで見たのは初めてだけれど、まるで人形のような綺麗な顔立ちをしていた。

「アリス、大丈夫？　緊張してる？」

「正直、震えそうなくらい緊張しています」

「君はあんなにも頑張っていたし、絶対に大丈夫だよ」

正直、緊張で心臓が口から飛び出そうなくらいだったけれど、アーサー様の顔を見ただけでかなり解れた。そんなわたしに彼は優しい言葉をかけ、そっと頭を撫でてくれる。

「本当、彼女に甘いのね」

鈴を転がすような声でそう言ったのは、スカーレット様だった。

「あなたの婚約者はね、入学当初から話しかけてもずっと無表情で冷たいし、会話もあまり続いたことがなかったの。私だけじゃないわ、全ての女子生徒に対してよ。だから今回の音楽祭も正直、一緒に組むのは不安だったわ」

「ス、スカーレット様……」

「でもね、先日あなたの話をしてみたら、それはもう笑顔で饒舌になるんだもの、驚いちゃった」

スカーレット様はけらけらと可笑しそうに笑う。

それと同時に、気づいてしまった。先日の昼休みに二人を見かけた時、アーサー様が楽しそうに話していたのは、もしかしたら自分の話だったのではないかと。

それなのに、くだらない嫉妬をしてしまっていた自分が恥ずかしくなる。

「聞いてもない事まで嬉しそうに話すのよ。そのおかげで話しやすくなって、練習もスムーズに出来て良かったわ」

「頼むから、それ以上はやめてくれないか」

そう言ったアーサー様は、片手で口元を覆っていた。その顔は少しだけ赤くて。つられてわたしまで恥ずかしくなってしまう。

「あなたが一生懸命練習しているという話も聞いていたわ。お互い、今日は頑張りましょうね」

「はい。ありがとうございます……！」

彼女は美しい笑みを浮かべると、その場から去っていった。いつも遠目で見ていた儚げな彼女が、こんなにも明るくて素敵な人だとは知らなかった。

「今のは忘れてほしい」

「ふふ、絶対に忘れません」

いつの間にか、そんな軽口を叩けるほどに緊張は解れていた。

二つ前のクラスの演奏が、間もなく終わるようだった。アーサー様にお礼を言うと、わたしたちは舞台袖へと移動する。同じく緊張していたらしいフィン様も、いつの間にか笑顔になっていた。

「やれることはやったよな」

「うん、最後だもの。楽しまないと」

そうして、わたし達はアナウンスで名前を呼ばれると同時に、スポットライトで眩しいステージへと歩き出した。

――きっと、うまくやれる。

そんな自信が、今のわたしにはあった。

◇◇◇

最近、両親が必死に婚約を結ぼうとしている侯爵家の令嬢に、音楽祭に代表として出るから是非来て欲しいとチケットを渡されたのは、一週間ほど前のことだった。

うるさいくらいによく喋る彼女の話には興味がなくいつも聞き流していたが、彼女がアリスと同じ学園に通っているということだけは記憶にあった。チケットを受け取って一番に考えたのは、一目でいいからアリスを見れないかということだった。

……両親の言う通りにする理由は、今の俺にはもうない。それに、この家はもう長くないだろう。奴らは欲に目が眩み、犯罪紛いの事業にまで手を出している。こんな家、早く取り潰されてしまえばいい。本気でそう思うようになっていた。家族だなんて思えないあいつらも、俺自身も、最早どうなったって良かった。

当日、足を運んでみたものの会場は思っていたより数倍広く、これだけの人数の中から彼女を見つけるのは不可能に近かった。どうやら時間の無駄だったらしい。そうして適当に演奏を聞き流し、ただ時間が過ぎるのを待っていた時だった。

「――次は、フィン・レイノルズ様とアリス・コールマン様による演奏です」

突然聞こえてきた彼女の名前に、俺は慌てて顔を上げる。そしてそのまま視線をステージに移せば、舞台袖から彼女が出てくるところだった。

――何故、アリスがそこにいるんだ。

アリスは昔からピアノが得意だった。だが、彼女はこんな大舞台に出るような人間ではなかったはずだ。思わぬ形で彼女を目にした俺は、驚きや喜びで心臓が高鳴っていくのを感じていた。

アリスは、誰よりも気が弱くて自信が無さげで、いつも不安そうな顔をしていた。目立たないように、ただ静かにいつもひっそりと俺の側に居たのだ。いや、俺がそうさせていた。

けれど今彼女は、数え切れないほどの観客の前で堂々と胸を張り、凛とした表情でそこに立っている。

こんなの、俺が知っているアリスではない。

「曲は、愛の始まりと終わりについて、です」

彼女はアナウンスの後に一礼すると、ピアノの前に腰掛けた。

やがて始まった演奏は、見事なものだった。白くて長い指が、なめらかに鍵盤を滑っていく。繊細な音を奏でる彼女の表情は、見たことも無いくらい穏やかで、優しくて、美しかった。

気が付けば演奏は終わっていて、会場中から大きな拍手が響いている。アリスは満足そうな笑顔を浮かべると、再び丁寧に礼をして舞台袖へと消えていった。

俺はただ、そんな彼女を遠く離れた場所から見つめることしか出来なかった。


「グレイ様、来て下さったんですね……！　嬉しいです」

「とても、素晴らしい演奏でした」

全ての演目が終わるなり、招待してくれた令嬢は俺の元へとやって来た。彼女がいつ何の曲を演奏したかすら覚えていないけれど、適当に褒めてやれば嬉しそうに頬を染めていた。

……ああ、本当にくだらない。

「表彰式には出なくていいんですか」

「もう出場者には結果が知らされているんです。私は入賞できなかったので、この後はずっと一緒に居られますわ」

満面の笑みでそんな的はずれな回答をされ、思わず苦笑いで返す。

そして表彰式が始まると、舞台上には再びアリスが現れた。その婚約者であるアーサー・グリンデルバルドの姿もある。

「一位の女性と三位の男性は、婚約者同士なんですのよ。二人とも入賞するなんて素晴らしいですね」

「あの二人は、有名なんですか」

「はい、特にアーサー・グリンデルバルド様は学園一素敵な方だと言われていますから。婚約者のアリス様をとても大事にされていますし」

「……そう、ですか」

最優秀賞のトロフィーを抱え、涙ぐみながら微笑んでいるアリスを見つめる。俺の視線は勿論一方通行で、彼女の視線はその婚約者へと向けられていた。逆もまた然りで。幸せそうに見つめ合う二人に吐き気がした。

俺が十年もかけて必死に繋ぎ止めていたアリスは、一瞬にしてアーサー・グリンデルバルドのものになってしまったのだと、思い知らされた。

いつも兄に取られたものは、仕方がないと直ぐに諦められた。それなのに、俺の中にある彼女への思いは、いつまでも消える気配がない。なんて不毛なんだろうか。

——きっと、彼女の世界に俺はもういない。

一緒に過ごした記憶も何かも、このままアリスの中から消えてしまうのだろう。彼女は俺との過去など、忘れてしまいたいに違いない。それでも俺にとっては全てが、かけがえのないものだった。楽しそうに喋り続ける女の隣で、どうすれば彼女の中から消えずに居られるのかと、そんなことを考え続けていたのだった。

幸福感と

最優秀賞のトロフィーを抱えながら控え室へと戻ったわたしは、待っていたミリア委員長の顔を見るなり、声を出して泣いてしまった。泣いているわたし達を見て、「そんなに泣かないでくれよ」と言ったフィン様の目も真っ赤で、二人して泣きながら笑った。

緊張や不安に押し潰されそうになる度に、出場することを後悔した日もあったけれど。この音楽祭での結果はきっと、今後わたしの自信となってくれるだろう。

翌日の今日は休校日で、アーサー様と夕食を食べに行くことになっている。今夜行く予定のレストランは、わたしが一生行くことがないと思っていた王都一の有名店だった。過去に頂いたドレスの中でも一番大人っぽいものを選び、ハンナに綺麗に身支度をしてもらった。

お店に着くなり広い豪華な個室に案内され、大きなテーブルを挟んでアーサー様と向かい合う形で座る。今日の彼の装いはとても華やかで、ドキドキしてしまう。

やがて次々と出てきた料理はどれも信じられないくらいに美味しくて、何度もその感動を伝えれば、アーサー様は「良かった」と嬉しそうに微笑んだ。

食後のデザートまでしっかりと頂き、ゆったりと温かい紅茶を飲んでいた時だった。

「大切な、話があるんだ」

突然そう言ったアーサー様へと視線を向ければ、やけに真剣な表情をした彼と目が合った。改まったその雰囲気に、なんだか落ち着かなくなる。

わたしはティーカップを置くと、黙ってアーサー様の次の言葉を待った。

「学園を卒業してから一年後、俺と結婚して欲しい」

「…………え、」

そして耳に届いた予想外のその言葉に、口からは間抜けな声が漏れた。

婚約しているのだから、いずれ結婚するのは当たり前だ。けれど今日までのわたしには、いまいち現実味がなかった。

「本当は卒業後すぐにでも結婚したいけれど、俺はまだ一人前ではないんだ。けれどその時までには必ず、君を完璧な状態で迎え入れられるようにする」

「アーサー様……」

彼のそんな言葉に、幸福感で苦しいくらいに胸が締め付けられる。好きな人に結婚してほしいと言われたのだ、嬉しくない訳がなかった。こんなに、幸せなことはない。

段々と視界がぼやけていく。彼と出会ってから、嬉しくて泣くことが多くなった。

「本当に、わたしでいいんですか」

「俺は、アリスじゃないと駄目だよ」

「とても、嬉しいです。よろしくお願いします」

震える声でそう言えば、アーサー様は安堵したようにほっと笑みをこぼした。

幸せ過ぎて怖いと思ったのは、生まれて初めてだった。

◇◇◇

「アリス様、リリー様。来週、お時間が合えばわたくしの誕生日パーティに来ていただけませんか？」

「ええ、喜んで。アリスも行きましょうよ」

「では、わたしも」

「ああ、良かった！　招待状をすぐにお送りしますね」

クラスメートであるミオン様に、誕生日パーティの招待を受けたのはそれから一ヶ月後のことだった。男爵家の令嬢である彼女とは、わたしもリリーもあまり話したことがない。だからこそ、彼女の誕生日パーティに呼ばれたのは少し不思議だった。

リリーは社交の場に出ることがとても好きで、断る理由がなければいつも参加している。そんな彼女を見習い、わたしも今回は参加することにした。

「あら、また他の子達にも声をかけているわよ。クラスメートだけですごい人数になりそうね。彼女の家ってそんなに裕福だったかしら？」

クラスメートに次々に声をかけているミオン様を見て、リリーは首を傾げている。

その後招待状が届き、わたし達は参加すると正式に返事を出したのだった。

「リリーと一緒に、来週末クラスメートの誕生日パーティに参加してきますね」

「来週末か、その日は前々から父と遠くの領地に視察に行く予定があるんだ。君と一緒に行きたかったたな」

「はい。お気をつけてくださいね」

「ありがとう。アリスも楽しんでおいで」

一応、アーサー様にもそのことを伝えれば、予定があるらしく残念そうな顔をしていた。

そして、当日。リリーと共に会場へと着いたわたしは、そのパーティの規模に驚きを隠せなかった。その豪華さも招待人数も、男爵家の娘の誕生日とは思えないものだった。

「これだけの規模だもの、そこまで仲良くないクラスメートを招いてもおかしくはないわね」

「ミオン様の家って、確かお店をやっているんだっけ。そんなに調子がいいのかしら」

「さあ。そんな話、聞いた事ないけれど」

リリーも不思議そうな顔をしていたけれど、とりあえず主役であるミオン様の元へに挨拶にいくことにした。彼女はわたし達の顔を見るなり、なぜかほっとしたような表情を浮かべた。

「アリス様もリリー様も、来てくださってありがとう。今日は楽しんでいってくださいね」

その後、わたしたちはクラスメートの令嬢が集まっているテーブルで、お喋りを楽しんでいた。

彼女達もまた、ミオン様の誕生日に呼ばれたことについて不思議に思っているようだった。

「あら、もう飲み物がないわね」

「わたし、少し見てくるわ」

使用人を呼んでも良かったけれど、あまりの人の多さにそれもなんだか面倒で、わたしは自分で取りに行くことにした。そうして一番近いテーブルを覗くと、思わぬ人と顔を合わせてしまった。

「……グレイ様」

以前、リナリア様のパーティで一緒だった令嬢とはまた別の女性と共に、彼がいたのだ。向こうもわたしを見るなり、驚いた表情を浮かべていた。

「アーサー様の婚約者のアリス様ですよね？　グレイ様とお知り合いなんですか？」

「ええと、幼馴染みたいなもので」

「まあ、先日アリス様の話をした時には、そんなこと一言も言っていなかったのに」

そう言って話しかけてきた彼女は、少し幼く見えるけれどとても可愛らしい顔立ちをしていた。

わたしの話をしていたというのは気になったけれど、少しでも早くこの場を離れるため、余計なことは言わないでおいた。

「私も同じ学園に通ってますのよ。音楽祭でのアリス様のピアノ、とても素晴らしかったです」

「ありがとうございます、貴女の演奏もとても素敵でした」

彼女もまた、音楽祭でピアノを弾いていた記憶がある。

「まあ、ありがとうございます。嬉しいですわ。あの日はグレイ様も来てくださっていたんです」

……グレイ様が、音楽祭に来ていたなんて。意外なその事実にわたしは驚いてしまった。

そして何より、あのグレイ様がわざわざ学園に演奏を聞きに来るほどだ。このご令嬢とはかなり良い関係なのだろう。何故だか少しほっとした。

「素晴らしい演奏でした」

「あ、ありがとうございます……」

グレイ様の他人行儀な誉め言葉に違和感を覚えながらも、わたしは近くにあったグラスを手にとると、一礼しすぐにその場を後にした。以前リリーが言っていた通り、なるべく関わらないようにしなければと思ったのだ。


そしてそれから一時間程経った頃。本日の主役であるミオン様から、突然庭へ出ないかと誘われた。わたしに見せたいものがあるのだという。リリーも一緒に行くと言ってくれたけれど、是非わたし一人でとミオン様は譲らない。

正直、少し気味が悪かった。それでも「きっと、アリス様も喜ばれますわ。音楽祭のお祝いだとか」と小声で嬉しそうに言う彼女に、悪意は無さそうで。結局、わたしは彼女と共に庭へと向かうことにした。大きな川沿いにあるその庭園はとても広く、沢山の木々や植物で溢れている。

そのまま庭の中を進んでいくと、急に一緒に居たはずのミオン様の姿が見えなくなった。それと同時に、ひどく嫌な予感がして。ここに居てはいけないと、すぐに引き返そうとした時だった。

「絶対に、騒ぐなよ」

突然に、背後から身体を押さえつけられたのだ。すぐに逃げ出そうとしたけれど、首元で光るナイフが視界に入った瞬間、そんな気持ちは一瞬で削がれた。

「このまま大人しくしてろ」

背中越しに聞こえる低く野太い声に、寒気がする。ひんやりとしたナイフが軽く首に当たって、腰が抜けそうになった。うまく働かない頭で、どうしてこんなことになっているのかと考えても、答えなど出るはずがない。

やがて聞こえてきた足音に、助けかもしれないと少しの希望を抱きながら顔を上げる。

「御機嫌よう、アリス様」

そこに居たのは、誰よりも美しい笑みを浮かべたクロエ様だった。

夢の末路

どうして、クロエ様が此処にいるんだろうか。

男に押さえつけられたまま、わたしはただ呆然と彼女を見つめることしか出来ない。そんなわたしを見て、彼女はさも可笑しそうに口角を上げた。

「どうしてこんな日にあっているのか、と顔に書いてありますわよ。わかりやすいお方ですね」

「…………っ」

「貴女が、邪魔なんです」

クロエ様は美しい声で、はっきりとそう言った。

「アーサー様は貴女を愛していて、この状況でわたくしが彼と婚約する事は不可能だということはわかりました」

でも、と彼女は続ける。

「気づいたんです。貴女さえ居なくなれば、全てが今まで通りになるのではないかと」

そんなことを嬉しそうに話すクロエ様に、背筋がぞくりとした。初めて会った日とはまるで別人のようだった。

……もしわたしが居なくなったとしても、アーサー様は立場上必ず誰かと結婚することになる。そしてきっと、一番に候補に上がるのは彼女だ。

「もちろん、あなたを傷つけるつもりはありません」

「な、にを」

「少しだけ、隠れて居てもらいたいんです」

——私が、アーサー様と結婚するまで。

そう言うと、彼女は恐ろしいくらいに美しい笑みを浮かべた。まるでかくれんぼうの誘いをするような、そんな言葉の軽さだった。

このままではいけないとわたしは震える手を握りしめ、口を開いた。

「クロエ様、こんなこと、絶対に駄目です」

「…………」

「貴方がこんなことをしては、アーサー様が悲しみます。お願いですから、」

「うるさい！」

突然大声をあげたクロエ様に、びくりと身体が跳ねる。

「アーサー様に愛されているあなたに、何がわかるというんですか」

「クロエ、様……」

「わたくしは、アーサー様の妻になるためだけに生きてきたんです。それしか、ないんです」

「…………っ」

「本当に、アーサー様が、好きな、のに……」

そう言った彼女の言葉尻は震えていた。やがて、その大きな瞳から涙がはらはらと流れていく。

そんな姿を見ていると、胸が締め付けられるように痛んだ。

クロエ様は幼い頃からずっと、アーサー様との結婚を夢見てきたのだ。今だって、こんなにも彼のことを想っている。

それなのに、あと少しで婚約という所で突然わたしが現れ、彼女の夢は潰えてしまった。それはきっと、これまでの彼女の努力も想いも、全てが否定されたも同然だ。

……もしもわたしが彼女と同じ立場だったなら、同じように相手の女性を恨んでしまうかもしれ

ない。いなくなればいいと、思ってしまったかもしれない。それでも。

「お願いですから、もうやめてください……！　あなたに、こんなことをしてほしくない」

精一杯の思いだった。こんなことをして、幸せになんてなれるはずがない。

一番傷つくのは、きっと彼女だ。

「……もう、遅いんです。何もかも、」

けれど、その言葉はクロエ様に届くことはなくて。

「あとは、言った通りに」

それだけ言うと、彼女はわたしの方を二度と見る事なくその場から去っていく。

クロエ様がその場から離れたのを確認すると、男はポケットからハンカチを取り出した。

それだけで異臭がして、何か薬品が染みこませてあるのがわかった。意識を失ったり、身体が動かなくなる類の物だと想像がつく。

このままでは、本当にどこかへと連れ去られてしまう。アーサー様にも、会えなくなる。

涙で目の前が滲んだ。

――そしてもう駄目だと、きつく目を瞑った時だった。

「アリス……っ！」

突然聞こえてきた声と、ぶれる視界。

次の瞬間には、わたしの身体は自由になっていた。そのまま、へなへなと地面にへたり込む。何が起きたのかと顔を上げれば、そこには男と組み合っているグレイ様がいた。

「……どう、して」

「っいいから逃げろ！　早く！」

彼の言う通りにしたくとも、足が震えて動かなかった。助けを呼びたくても、恐怖によって喉が詰まったように声が出ない。自分の無力さが、憎かった。

やがてグレイ様が男に殴られ、倒れていく。相手が雇われている玄人だったとしたら、力で勝てるわけがない。男はグレイ様の身体を思い切り蹴り飛ばすと、そのままわたしの元へと戻ってきた。

腕を持ち上げられ、乱暴に無理やり立たせられる。

視界の端で、ふらふらと起き上がったグレイ様がこちらへと向かってくるのが見えた。

…そんなにもボロボロになってまで、どうして。そんな彼の姿を見て、余計に涙が溢れる。

「アリスに、触るな……！」

「っち、いい加減うるせぇんだよ！」

かなり苛立った様子の男は、彼に向かって左手を振り上げた。そして、すぐに気づく。

――――いけない、だって、その手には。

「……っ、う、……！」

そして、男とグレイ様の間に手を伸ばしたわたしの腕に、ナイフの切っ先が食い込んだ。

焼けるような熱さを感じたと思えば、その次の瞬間には、重い鈍い痛みに襲われる。口からは、言葉にならない声が漏れた。

「ちくしょう、傷は付けるなって話だったのに」

男はそう言うと、焦ったようにハンカチをわたしの口元に宛がった。慌てて息を止めるけれど、腕の痛みもあるせいで、すぐに限界はきてしまう。

耐えきれずに息を吸い込めば、視界が歪んだ。

「いい加減に、しろ……！」

グレイ様が後ろから男の首を締める形でしがみつき、男と共にそのまま倒れ込む。解放されたわたしの体は、そのまま地面へと投げ出された。

薬が回り始めているせいか、体が動かない。頭も少しずつ働かなくなってきた。

いつの間にか聞こえてきた足音と人の声に、男はまずいと思ったのか舌打ちをすると、グレイ様を無理やり振り払い、その場から逃げていく。

「アリスっ……！」

「……ぐれ、……さ、ま」

彼はふらふらとわたしに駆け寄ると、そっと抱き上げてくれた。その手は、ひどく震えている。

グレイ様がいなければ、わたしは今頃どうなっていたかわからない。今頃は薬で意識を失い、どこかへと運ばれている途中だったかもしれない。

彼は血が止まらないわたしの腕に視線を落とすと、今にも泣き出しそうなほどに顔を歪めた。

「どうして、俺なんかを庇った」

「…………」

「ごめんな、アリス……本当に、ごめん……！」

謝る必要なんてない、助けてくれてありがとう。そう言いたいのに、もう声は出なかった。

だんだんと、彼の声が遠くなっていく。

「っ俺は、お前のことが、」

そんな悲痛なグレイ様の声を最後に、わたしの意識はぷつりと途切れたのだった。

守りたかったのは

たまには家族全員で食事にでも行かないかと、父に声をかけられたのがきっかけだった。

そんな不愉快な集まりになど行きたくなかった俺は、同日あの令嬢にパーティに誘われていたことを思い出したのだ。彼女の名前は確かエレナと言った。エレナにはまだ返事をしていなかったが、彼女と出掛ける予定があると伝えれば、父は喜んで不参加を受け入れた。

騒がしいエレナと出掛けるのもまた憂鬱ではあったものの、当日、会場でアリスに偶然会った瞬間、俺は父にもエレナにも心から感謝した。音楽祭以来に見た彼女は、俺の顔を見た瞬間、驚いたように淡い桃色の瞳を見開いた。質のいい瞳と同じ色のドレスはきっと、あの婚約者から贈られた物なのだろう。

彼女がアーサー・グリンデルバルドと婚約をしてからというもの、こうして社交の場で偶然会う以外には、彼女との接点は無くなってしまっていた。

「……グレイ様」

アリスに名前を呼ばれるだけで、虚しくなるような切なさが押し寄せた。自分でも、本当にどうかしていると思う。

相変わらずお喋りなエレナがアリスに話しかけたことで、彼女はその場に立ち止まる。俺の顔を見た瞬間に逃げ出すと思っていたから、嬉しい誤算だった。

「まあ、ありがとうございます。嬉しいですわ。あの日はグレイ様も来てくださっていたんです」

けれどまさか、あの日学園に行ったことをアリスに知られるとは思わなかった。予想通り、彼女は不思議そうな表情を浮かべている。

エレナの為にわざわざ行ったと思われたなら、そんなにも最悪なことはない。かと言って、アリスを一目見たさに行ったなんてこと、尚更言えるはずもなかった。

「素晴らしい演奏でした」

「あ、ありがとうございます……」

そんなありふれた感想を言えば、アリスは戸惑ったように返事をしてくれた。もっと言いたいことはあったはずなのに、何一つ言葉が出てこない。

やがてアリスは一礼するとグラスを二つ手に取り、元々居たらしいテーブルへと戻っていく。

そんな彼女を引き止める理由も権利も、俺にはなかった。

◇◇◇

それから小一時間ほど経った頃。何度もアリスを目で追ってしまっていた俺は、このパーティの主役である男爵令嬢とアリスが、突然会場から出ていくことに気がついた。

何処へ行くのだろうと思いながら観察していると、一瞬、アリスが不安そうな表情を浮かべたのを俺は見逃さなかった。

……誰よりも彼女にそんな表情をさせてきたのは、俺だというのに。

心配になり彼女を追いかけて行こうとしたけれど、エレナは一人にしないでくれと纏わりついてくる。適当な理由をつけてその場を離れた時には、大分時間が経ってしまっていた。

探し回ってもなかなかアリスは見つからず、焦燥感が募る。

足早に庭の奥へと進んでいくと、人影が見えた。近づいていくうちに、アリスが男に襲われているのだと気づいた時には、考えるよりも先に身体が動いていた。

「……どう、して」

そう呟いたアリスの方を見る余裕など、俺にはなかった。恐らく、目の前の男は素人ではない。幼い頃から護身術を習ってたとはいえ、こちらの分が悪いのは明らかだった。

彼女は恐怖で足が竦み、動けずにいるようで。俺は必死に男に食らいつくものの、時間稼ぎにもならなかった。

「……っ、う、……！」

そうしているうちに、目の前で赤い血しぶきが舞った。それがアリスのものだと理解するのに、かなりの時間を要した。

どうして俺なんかを庇ったんだと、泣きたくなった。

慌てるようにしてアリスの口にハンカチをあてがう男の後ろから、全体重をかけて首を締めると、そのまま後ろへと倒れ込んだ。背中の痛みに耐えながら、男にしがみつき続ける。どんなに無様な姿だったとしてもいい、ただアリスを守ることが出来ればそれで良かった。

やがて人の声や足音が聞こえてきて、男は焦ったらしく必死に暴れ、俺の鳩尾《みぞおち》に一撃を食らわせた。あまりの痛みに一瞬拘束が緩むと、その隙に男はあっという間に逃げていく。

身体中が痛む中で必死にアリスの元へと駆け寄れば、彼女は真っ青な顔をしてその場に倒れ込んでいた。そっと抱きあげれば、彼女は安心したように少しだけ目を細める。

その腕からは真っ赤な血が流れ続けていて、目の前が真っ暗になった。

彼女を守りきれなかった弱い自分が、憎かった。

やがて駆けつけた人々によって、意識を失ったアリスと俺は、そのまま近くの病院へと運ばれたのだった。


医者の話によると、腕の怪我は少し痕が残るかもしれないものの、命に別状はないということだった。意識も、時間が経てば戻るらしい。その言葉を聞いた時は心から安堵し、その場に座り込んでしまった。

それから数時間が経った頃、アリスの両親が病院へと駆けつけた。偶然同じパーティに参加していて、彼女の姿が見えなくなり探しに行ったこと、見知らぬ男に襲われていた彼女を見つけ助けに入ったことを、ありのまま説明した。

あの男が何者だったのか、何の目的があったのか、未だに分からない。とにかく今すぐにでも、殺してやりたかった。

「娘を助けて頂いて、本当にありがとうございました。なんとお礼を言ったら良いか……」

「……いえ、俺は何も出来ませんでしたから」

「そんなことはありません！　それに、グレイ様もお怪我をされているではありませんか……！」

俺自身も頬や腹など全身に打撲は負ったものの、彼女に比べれば大した怪我ではない。彼女は刺傷まで負ってしまったのだから。

アリスが刺されるくらいなら、俺が刺された方がよかった。優しすぎる彼女は、嫌いなはずの俺まで身を挺して庇ってくれたのだ。悔しさと愛しさで、胸が張り裂けそうだった。


そのまま病院でアリスが目覚めるのを待ち続け、一日以上経った頃。

アーサー・グリンデルバルドは現れた。

「……っアリスは……？」

いつも涼し気な顔をしていた彼は今、汗にまみれ、今にも死にそうなほどその顔色は悪い。かなり急いで来たのが見て取れる。

アリスの両親が、まだ意識はないものの命に別状はないと伝えると、少しだけ顔に生気が戻った。

「あちらにいるグレイ・ゴールディング様が、アリスを助けて下さったんです」

その言葉を受けて初めて、奴は俺を視界に入れた。ガラス玉のような、アイスブルーの瞳と視線が絡む。そのままこちらへと来ると、アーサー・グリンデルバルドは俺に対して、深く頭を下げた。

「アリスを助けて頂いたこと、礼を言う」

その姿に、何故だか無性に腹が立った。

「お前に感謝される覚えはない。今の今まで何をしていたんだ？　婚約者というのは、ただ甘やかして可愛がって、物を買い与えるだけの役割なのか」

最早、家も自分自身もどうでも良い俺は、公爵家の人間に対し有るまじき態度をとっていた。

アリスはこれまで、こんな事件に巻き込まれたことなどただの一度も無かった。この一件は、グリンデルバルド家と婚約したことにより起きた可能性が高い。それは紛れもない事実だった。

とは言え、正直ほぼ八つ当たりだった。アリスを守りきれなかった自分に、苛立ち続けていた。

今まで彼女を傷つけてきたくせに、虫がいいにもほどがある。

「……すまない」

それでも、目の前の男は俺の失礼な言葉や態度に対して、何ひとつ怒ることも、言い返すこともしなかった。

ただ、静かに謝罪の言葉をひとつだけ言い、血が出るのでは無いかと言うくらいに、固く拳を握りしめていた。

届かない声

ゆっくりと瞼を開ければ、見覚えのない真っ白な天井が視界いっぱいに広がっていた。ずいぶんと眠っていたような気がする。

うまく働かない頭でここは一体何処だろうと考えていると、すぐ隣から声が聞こえてきた。

「コールマン様、お目覚めですか？」

ゆっくりと視線を動かせば、ベッドのすぐ側に白衣を着た女性が立っていた。周りの様子から、ここは病院なのだと理解する。

……どうして、ここにいるんだっけ。

そのまま視線を彷徨わせていると、包帯が幾重にも巻かれた自分の腕が目に入った。それと同時に、男に襲われた時の絶望感や恐怖が呼び起こされて、ぶるりと身体が震えた。

「体調はどうですか？　腕の痛みなどもありませんか？」

「は、はい。どちらも、大丈夫です」

「それはよかったです。問題はないようですし、ご家族の方をお呼び致しますね」

ちょうど彼女が様子を見に来たタイミングで、わたしは目が覚めたらしい。もし、何か具合が悪くなることがあればすぐに声をかけるように言うと、彼女は病室を後にした。

「アリス、本当によかった……！」

入れ替わるようにして病室へと入ってきた両親はわたしを見るなり涙を流し、そっと抱きしめてくれた。その温かさに安心感が込み上げてきて、思わず涙ぐんでしまう。

「お母様、グレイ様は……？」

あの時、わたしを懸命に助けてくれた彼の安否が、何よりも気がかりだった。彼だってかなりの怪我をしていたはずだ。

「怪我もされているのに、あれから一日以上アリスが目覚めるのをずっと、一緒に待っていて下さったのよ。今、呼んでくるわ」

そう言うと、お母様はすぐにグレイ様を呼んできてくれた。彼はパーティの時と同じ服装のままで、本当にあれからずっと待ってくれていたのだと知る。

そんな彼の頬は赤黒くなっていて、ひどく痛々しい。ずっと起きていたのだろうか、目の下には隈が出来ていた。全て自分のせいだと思うと、胸が痛んだ。

「助けて頂いて、本当にありがとうございました。グレイ様がいなければ、今頃どうなっていたかわかりません」

「……守りきれず、すまなかった」

「そんな、何を……」

ああ、そうだ。気を失う直前にも彼は、わたしに対しずっと謝り続けていた。今だって、この世の終わりのような顔をしている。

——ずっとずっと、彼のことが嫌いだった。正直、今だってそれは変わらない。今までされてきたことも、一生許せないだろう。

けれどあの時グレイ様が助けに来てくれたことで、わたしは本当に救われたのだ。ボロボロになりながらも、彼は何度もわたしの為に立ち上がってくれた。

「グレイ様がいてくれて、よかった」

それは、素直な気持ちだった。

「…………っ」

「グレイ、様？」

「……早く良くなると、いいな」

グレイ様はそう呟くと急に顔を背け、そのまま無言で病室を出て行ってしまった。

「あの、お母様、グレイ様の手当は？」

「何度も言ったのだけれど、しなくていいの一点張りだったの。お家にお医者様もいらっしゃるだろうけど……」

「そう、ですか」

彼が早く良くなるようにと、祈らずにはいられなかった。

「ねえアリス、グリンデルバルド様もいらっしゃっているのよ。お呼びしていいかしら？」

「えっ、アーサー様が？　ど、どうぞ」

まさかアーサー様まで来てくださっているとは思わなかった。気を利かせたのか両親は病室から出て行き、わたしは彼が入ってくるのを待った。

すぐに病室へと入ってきた彼の顔色は、信じられないくらいに悪かった。

「……アリス、」

今にも消えてしまいそうな声で、わたしの名前を呼ぶ。

こんなにも余裕の無さそうな彼は初めてだった。

ベッドのすぐ側へときた彼は、包帯が巻かれたわたしの腕へと視線を移した。その瞬間、彼の顔からは表情が抜け落ちて。その姿はまるで、精巧に作られた人形のように見えた。

「その腕、どうしたの」

「ナイフで、刺されてしまって」

わたしの腕で済んだから良かったものの、もしあのままナイフがグレイ様に向けられていたらと思うと、ゾッとした。きっと、こんな怪我では済まなかったはずだ。

「……すまなかった」

「えっ？」

「痛かっただろう」

そう言うと、アーサー様は怪我をしていない方のわたしの手をそっと握った。彼の冷たい手は、少しだけ震えている。

「君が何者かに襲われ意識がないと聞いた時、このまま目覚めなかったらどうしようかと思った」

「アーサー様……」

「領地でこの知らせを聞いてから、此処で君の無事を知るまで、本当に生きた心地もしなかった」

ああ、そうだ。公爵様と遠くの領地へ視察に行くのだと、以前彼は話していた。クロエ様はきっと、アーサー様がいない日をわざわざ選んだのだろう。

「本当に、生きていてくれてよかった」

そう言った彼の瞳も声も、震えていた。

「君を失ったら、俺はもう生きていけない」

あまりにも悲痛なその表情と声に、胸が痛む。もう二度と、彼にこんな表情はさせたくない。

「犯人は捕まったと聞いた。今詳しく調べているようだけど、身代金目的で誰でも良かったと供述しているそうだ」

「……そう、ですか」

犯人は嘘をついていて、わたししか真実を知らないようだった。実際に、貴族の子息子女を狙うそういった事件は少なくないのだ。アーサー様もその言葉を信じているようだった。

——本当の事を話すべきか、かなり悩んだ。彼女は、あんなにも必死に訴えたわたしの話を、聞き入れてくれなかったのだから。

けれど目の前の彼は、今にも死んでしまいそうなくらい思い詰めた表情をしていた。元婚約者であるクロエ様がこの事件を起こしたと知ったら、どれほど自分を責めるかわからない。

そしてわたしは、今はまだ黙っていることにした。決してクロエ様の為ではない。全てアーサー様の為だった。

「本当に、心配をおかけしてすみませんでした」

「謝らないでくれ。俺が、悪いんだ」

「そんな、アーサー様が悪いなんて、」

「君を守れなかった、俺が悪い」

何故か彼は、ひどく自分を責めているようだった。グレイ様といいアーサー様といい、どうしてそんなにも自分を責めるんだろうか。

「医者からは一日二日様子を見て、問題がなければすぐに退院できると聞いている」

「そうなんですね。よかったです」

「その間は、ここに警護の者を置くから」

「は、はい。ありがとうございます」

「その後は、我が家で君を預かるよ」

「えっ？」

突然のその言葉に、驚きを隠せない。グリンデルバルド家で、わたしを？

「もちろん、屋敷の警備は今まで以上に厳重にする」

「ア、アーサー様」

「君個人にも護衛をつけるから安心してほしい」

「あの、アーサー様、」

「そうだ、君の部屋には頑丈な鍵も付けないと。窓も無くした方がいいだろうか」

そんなことを、彼は生気のない顔で話し続けている。何かがずれているような、言いようのない違和感がそこにあった。

わたしの声は、彼に届いているのだろうか。

「もう絶対に、アリスを傷つけさせやしない」

そう言って、アーサー様はわたしの頬にそっと触れた。愛おしげな、慈しむような瞳でじっと見つめられる。わたしはただ黙って、彼を見つめ返すことしか出来なかった。

グリンデルバルド家へ

嗅がされた薬は完全に抜けきり、手の怪我に関しても今後治療を続ければ問題は無いらしく、わたしはすぐに退院することとなった。

入院中一度だけ事情聴取を受けたけれど、庭を歩いている時に突然男に襲われた、ということだけを話した。犯人も既に捕まっているせいか、それ以上深く聞かれることはなかった。

退院日の朝、アーサー様は病室までわたしを迎えに来ると、乗り馴れたグリンデルバルド家の馬車へとエスコートしてくれた。腰に剣を携えた人々が馬車の前後に待機しており、いつもとは違う重々しい空気が流れている。

行き先は聞かずとも、我が家ではないことは明白だった。

「あの、アーサー様」

「どうかした？」

「本当にわたしもグリンデルバルド家へ行くんですか？　あまりご迷惑をおかけするわけには、」

「迷惑なんかじゃないよ。まだ怪我も治りきっていないんだ。安全な場所で、ゆっくりと身体を休めてほしい」

彼の言う通り、グリンデルバルド家は護衛の数も屋敷の安全性の高さも、他とは桁違いだろう。我が家など比べるまでもない。ゆっくり出来るかと言えば、それはまた別だけれど。

「……それに、君の姿が見えないと俺の身が持ちそうにない」

そう言ったアーサー様の青白い顔には、隈が見えた。わたしのせいで眠れていないのかと思うと、申し訳なさで心苦しくなる。

「俺の両親に許可はとってあるし、君の両親も我が家なら安心だと快く送り出してくれたよ」

「ありがとう、ございます……」

「少し調べさせて貰ったけれど、アリスは単位も出席日数も大丈夫そうだし、学園も落ち着くまで休んだ方がいい」

「わ、わかりました」

有無を言わさないその笑顔に、わたしは頷くしかなかった。

何度見ても圧倒されてしまうグリンデルバルド家の巨大な屋敷の前には、ずらりと沢山の使用人達が並んでおり、盛大に出迎えてくれた。

公爵様は今夜、奥様は数日後にこの屋敷へとお戻りになるらしい。お二人にご挨拶するのはまだ先になりそうだった。

「アリスの専属になるメイドのロナだ」

「アリス様、よろしくお願いいたします」

「ええ、こちらこそ」

「ロナは同い年だから、話し相手にするのもいいだろう」

屋敷の中に入ると、まずアーサー様は一人のメイドを紹介してくれた。ロナと呼ばれた彼女は、同い年とは思えないくらいに落ち着いていて、穏やかな笑みを浮かべている。

「そして彼女が、アリスの護衛だ」

次に紹介されたのは、すらりとした身体に騎士服がよく似合う美しい女性だった。腰には勿論、剣を携えている。彼女はレイと言うらしく、日中は彼女が常に傍に居ることになるらしい。

「君の部屋は、俺の部屋の近くに用意したから」

そうして案内された部屋は、以前お邪魔したアーサー様の部屋と同じくらいの広さだった。内装も家具も全て、一目で一級品だとわかるものばかり。風呂なども完備されている。

彼の部屋と明らかに違うのは、ドアに取り付けられている鍵だった。あまりにも頑丈そうなそれは、周りの煌びやかな雰囲気の中で明らかに浮いている。

そしてその鍵は、部屋の外側についていた。

「アリス様のお召し物は、あちらのクローゼットに用意してありますので」

「我が家から運んで下さったんですか？」

「いえ、アーサー様が全てお選びになり、新たにご用意されたものになります」

「えっ、」

わざわざ服まで全て、新たに用意してくれたらしい。部屋の中を見渡せば、真新しい本や裁縫道具まである。以前、どうしても手に入らないんだとリリーにだけ零していた、わたしの好きな作家の過去作も全て揃っていた。

……どうして、それが此処にあるんだろう。

「欲しい物があればすぐに言って欲しい。何でも用意する」

「アーサー様、こんなに良くして頂かなくても、」

「ねえ、アリス」

そう言ってわたしの名前を呼んだアーサー様の顔は、酷く真剣なものだった。思わず、口を噤む。

「俺に出来ることなら何でもするから」

「は、はい」

「ずっと、ここに居てね」

彼のずっと、というのは一体どれくらいの期間なのか。今のわたしには見当もつかなかった。

その後、アーサー様と共に昼食をとり、わたしは自室となった部屋へと戻ってきた。グリンデルバルド家の食事は、高級レストランの如くとても美味しかった。

鍵をかけるのは就寝時だけらしく、少しだけほっとした。流石に、部屋の外にまで鍵をつける必要があるのかとは思う。けれど、その疑問を口に出すことは躊躇われた。すべて、わたしの為を思ってのことなのだ。

今もレイが部屋の前に待機しているらしい。正直、落ち着かなかった。

そんなことを考えながら、ソファに腰掛ける。信じられないくらいに柔らかく、思った以上に沈み込む。この部屋を整えるのに一体いくらかかったのかと考えるだけで、頭が痛くなりそうだった。

ロナが淹れてくれたお茶を飲み、一息つく。一体、いつまでわたしは此処に居ることになるんだろうか。

あのパーティ以来ほとんど室内にいるわたしは、気分転換に外の空気でも吸おうと窓際へと移動する。けれどそこには、あるはずの取っ手も何もない。不思議に思っていると、背中越しにロナの声が聞こえてきた。

「この部屋の窓は全て、開かないようになっております」

「……そう」

そういえば、先日アーサー様がそんなことを言っていたのをふと思い出す。開かない窓に、外側についた鍵。そして、日常生活のほとんどが事足りるようになっている部屋の造り。まるでこの部屋は、わたしを閉じ込める為にあるようだった。

実際、息苦しさのようなものは感じている。けれど、ここまでするほど心配を掛けているのだと思うと、何も言えなかった。

窓際から再びソファへと戻ってきたわたしは、そのまま瞳を閉じ、これからの事について考えてみることにした。アーサー様は明日から学園だけれど、わたしは此処で一人過ごすことになるのだ。時間だけは沢山ある。

「ねえ、ロナ」

「はい、アリス様」

「アーサー様には内緒で、公爵様に少しお時間を頂けないか聞いてもらいたいのだけど」

「かしこまりました」

――まずは、クロエ様のことを解決しなければ。

罪の行方

慣れない場所ではなかなか寝付けないかもしれない、という心配は杞憂に終わり、雲のような寝心地のベッドのお蔭でぐっすりと眠れてしまった。

翌朝、スッキリと目覚めたわたしはアーサー様と共に朝食をとり、その後学園へと向かう彼と共に玄関へと向かう。出来るならば一緒に休みたかったと彼はこぼしていたけれど、アーサー様の立場ではそんな訳にもいかないのだろう、名残惜しそうにわたしを見つめていた。

「お気をつけて」

「うん、行ってくるよ」

前日よりも少しばかり、その顔色は良くなっているように見える。わたしが此処にいることで、彼が安心して眠れたのなら良かった。

……眠る前に聞こえた、カチリ、という鍵の閉まる無機質な音にはまだ慣れそうにないけれど。

「絶対に、屋敷からは出ないでね」

それは昨日から何度も言われていた事だった。分かりましたと答えれば、彼は安心したように微笑み、馬車へと乗り込んだ。


馬車が見えなくなるまで見送ると、部屋へと戻りロナに改めて身支度を整えて貰う。昨夜屋敷へと戻った公爵様はすぐに時間を作ってくれて、昼には会うことになっていた。

約束の時間通りに公爵様の元を訪ねると、彼は笑顔で出迎えてくれた。ロナを含め全ての使用人には退室してもらい、部屋の中には二人きりになる。

最悪、ロナや使用人の誰かがアーサー様に公爵様とお会いしたことを伝えたとしても、今後お世話になる上で挨拶をしたとでも言って誤魔化すつもりだった。

「先日の事件のことは聞いたよ、体調は大丈夫なのかい」

「はい、お蔭様で。こちらで暫くお世話になる上に、突然お時間を頂いてすみません」

「いや、いいんだ。何かあれば今後も、気軽に声をかけてくれて構わない」

わたしは小さく深呼吸をすると、公爵様に今回の事件のこと、クロエ様のことを話し始めた。また同じことが繰り返される可能性もあるからこそ、このままにしておく訳にはいかない。

けれど、クロエ様が今回の黒幕だという明確な証拠はない。

わたしの証言だけで信じて貰えるかは少し不安だった。

「……クロエが、本当にすまないことをした」

一連の話を終えるとすぐに、公爵様は謝罪の言葉を述べた。身内であるクロエ様を信じて当たり前だと思っていたからこそ、驚いてしまう。

「信じて、頂けるんですか」

「君が私にこんな嘘をつく必要もないし、アーサーが選んだ女性だ。そんなことをする人間では無いと思っているよ。それにクロエの父である私の弟も、あまり手段を選ばないところがあってね」

勿論信じたくはないんだが、と公爵様は眉を下げた。

「一応、クロエの周りを調べてみることにする。内側から調べれば、きっとボロは出るだろう」

そして深いため息を吐くと、右手を額に当てた。

「君が私にだけ話してくれたのは本当に助かった。こんな不祥事が知れ渡れば、我が家もスペンサー家も、ただでは済まなかっただろう」

それが、事情聴取の時に話さなかった一番の理由だった。

最近の社交界では、貴族のスキャンダルなどの噂話が娯楽の一つと言っていいほど盛んだった。

だからこそ、憲兵隊の職員の中には貴族や出版社に買収され、事件の内情を漏らしてしまう者もいるのだ。婚約問題の縺れから起こった公爵家の身内による今回の事件など、誰もが食いつく話題に違いなかった。

「グリンデルバルド家の名にかけて、責任を持ってクロエには罰を受けさせると約束しよう。本当に、すまなかった」

「いえ、ありがとうございます」

「アーサーはこの事を？」

「知りません。このまま、知らせないで頂きたいです」

「何故だ？」

「……きっとクロエ様も、アーサー様にだけは知られたくないと思うので」

そうお願いしたのは、ただの自己満足だった。

今回クロエ様にされた事はこの先もずっと、絶対に許せない。グレイ様まで怪我を負ってしまったのだ、未だに彼女に対しての怒りは収まっていない。

それでも、彼女からアーサー様との未来を奪う形になってしまったことに、罪悪感はあった。アーサー様に黙っていてもらうのも、それを誤魔化す為のものに過ぎない。

「……君は、優しすぎる」

「そんなことはありません。自分のためです」

それでも、ありがとうと公爵様は呟いた。その目には悲しみの色が浮かんでいる。

公爵様にとってはクロエ様は姪にあたり、いずれ義理の娘として迎える予定だったのだ。思うところは色々とあるのだろう。

ミオン様の関わりについても調べてくれることになり、この話は終わりになった。思っていたよりも解決に向けてスムーズに話が進み、安堵する。

「お詫びと言っては何だが、何か欲しい物やして欲しいことはないだろうか」

「お気遣いありがとうございます。アーサー様に充分良くして頂いていますから、大丈夫です」

「そうか。何かあればすぐに言ってくれ」

その後、少しだけ他愛ない話をし、わたしは公爵様の部屋を後にした。

――クロエ様は今、何を思っているのだろうか。わたしが無事だったことを知り、事実が明らかになることを恐れ、怯えているのかもしれない。

どうか彼女が、これ以上道を踏み外すことはありませんように。ただそれだけを祈った。

◇◇◇

午後からはゆっくり読書をしていたけれど、それでもまだアーサー様が帰ってくるまで時間はある。幸い今日は天気も良い。わたしは庭に出てお茶をすることにした。

けれど、話し相手がいないのだ。ロナとレイを誘ってみたけれど、レイには「気を抜く訳にはいきませんので」と断られてしまった。これればかりは仕方がない。

ロナにも恐れ多いと断られたけれど、アーサー様も話し相手にと言っていたと言えば、なんとか了承してくれた。

「ロナの淹れてくれるお茶は、とても美味しいわ」

「ありがとうございます。アーサー様にも、そこを買っていただけたのかもしれません」

「美人だし、絶対にロナは男性にモテるでしょう」

「そんな、私なんて……」

「どんな人がタイプなの？」

「ア、アリス様、私のことなんていいですから……！」

話しているうちに少しずつ気を許してくれて、やがて彼女の方からもぽつぽつと質問をしてくれるようになった。大人びていると思っていたけれど、彼女も同い年の女の子らしいところが沢山あることがわかり、嬉しくなる。

「アリス様とアーサー様は、本当にお似合いですよね」

「そう見える？」

「はい。幼い頃から此処で仕えていますが、あんなにも幸せそうなアーサー様は初めて見ました」

「本当に？」

「ええ、本当です」

いつの間にかわたしたちは意気投合し、話に夢中になっていった。

「……なるほど、ロナには憧れている方がいるのね。その方のどんな所が好きなの？」

「男らしいところ、でしょうか」

「それは確かに素敵ね。わかるわ」

「では、アリス様はアーサー様のどういう所が……？」

「もちろん全部好きだけれど、一番は優しいところかしら。見た目もとても好みだし、いつも優しい笑顔を浮かべているところも好き。男らしいところも好きだし、」

思った以上にすらすらと出てきて、止まらない。こんなにも彼のことが好きなのだと、わたしは改めて実感していた。

「甘くて優しい声も好きだし、あとは、」

「あ、あの、アリス様」

「うん？」

「……その、なんだか、すみません」

そう言ったロナは、何故だか気まずそうな顔をしていた。そしてその視線はわたしを超え、その背後へと向けられている。

なんだか嫌な予感がして恐る恐る振り返れば、そこには顔を真っ赤にして口元を押さえるアーサー様の姿があって。わたしは声にならない声をあげた。

「すまない、立ち聞きするつもりはなかったんだ」

「ど、どこから聞いて……」

「……もちろん全部好きだけれど、という所から」

まさかの全部だった。本人が聞いているところで延々と彼の好きなところを話していたなんて、恥ずかしすぎる。一気に顔が熱くなった。

居たたまれなくなったわたしは、部屋に戻ります、と言って逃げるようにして立ち上がった。けれどすぐに、アーサー様によって引き止められてしまう。

「待って、アリス。少しだけ話を聞いてくれないか」

「……は、はい」

「最近になって、ようやく君に好かれているという実感は湧いてきたけれど、まだ夢なんじゃないかと思うこともあった。君が俺のどこを好いてくれているのか、わからなくて」

そう話す彼の視線は、照れ臭そうに地面を泳いでいる。本当に彼は、わたしのこととなると不思議なくらい自信が無くなるらしい。

けれど今まで彼に何度も好きだと伝えてはいたものの、どこが好きだという話はしたことが無かったように思う。いいきっかけだったのかもしれないと無理やり自分に言い聞かせながらも、心臓はまだ早鐘を打っていた。

「だから、君の気持ちが聞けて本当に嬉しかった」

「そ、それは良かったです」

「俺も、君の全てが好きだよ。愛してる」

そう言ったアーサー様も、きっとわたしも。

そしてすぐ側に居たロナやレイの顔もまた、林檎のように真っ赤だった。

やさしい箱庭―アーサー視点―

「アリス・コールマン様が何者かに襲われ負傷、現在意識は無く病院へ運ばれたとの事です」

その知らせを聞いた瞬間、目の前がぐにゃりと歪んだ。手元からグラスが滑り落ち、薄い氷が割れたような音が響く。

――アリスが襲われて負傷？　意識がない？

言葉自体を理解していても、脳内では全く理解が追いつかない。意味が、分からなかった。分かりたくもなかった。

「アーサー、もう此処での用も大方済んだ。先に王都に戻りなさい」

「……どうして、アリスが、」

「今すぐにアーサーが王都へと向かう馬車の手配を」

「かしこまりました」

視察が長引き、遅すぎる夕食を一緒にとっていた父もその知らせを聞いており、動揺している俺の代わりに馬車の手配をしてくれた。そして、「しっかりしなさい」と肩に手を置いた。

すぐに用意された馬車へと、放心状態のまま乗り込む。馬車は足早に王都へと出発したけれど、どんなに急いでも半日はかかるだろう。

俺は馬車の中で一人、頭を抱えていた。

「アリス、アリス、アリス……」

何故、彼女がそんな目に遭ってしまったのだろうか。

父の秘書の一人であるロイドがあの場に現れた時点で、嫌な予感はしていた。我が家では王都から離れている間、非常事態があった時のみ彼が直接その内容を伝えに来ることになっている。

時刻を確認すれば、二十二時を過ぎていた。ロイドが昼に王都を出て、此処へ伝えに来るまで既に半日経っている。何故、こんな時に限って自分はこんな遠く離れた場所にいるのだろう。

そもそも、彼女は無事なんだろうか。

そんなことを考えるだけで、吐き気がした。アリスがもし、無事ではなかったら。俺は、一体どうするんだろう。

――この先、どうやって生きていけばいいんだろうか。

いつの間にか俺は、彼女がいない未来など想像出来なくなっていた。彼女が隣に居てくれるのが当たり前だと、思ってしまっていた。

浮かれていた。あんなにも恋焦がれていた彼女が傍にいてくれて、自分を好きだと言ってくれて、浮かれきっていたのだ。

この世界は理不尽で、絶対なんてものはないと、誰よりもこの身をもって知っていたはずなのに。

こんなにも絶望したのは、人生で三度目だった。

◇◇◇

結局、王都に着いたのは昼前で、アリスが病院に運ばれてから丸一日が経とうとしていた。ただ馬車に揺られる事しか出来なかったこの半日間は、本当に地獄だった。

一分一秒が惜しくて、病院近くの混み合っていた道路で馬車から降り、そこからは全速力で走った。息の苦しさなんて、最早気にならない。馬車の中で何も出来ずにいた方が何倍も苦しかった。

病院に着き、職員に案内された病室の前にはアリスの両親の姿があった。

「……っアリスは……？」

「グリンデルバルド様……！　意識はまだ無いものの、命に別状はないようです」

その言葉を聞いた瞬間、心の底から救われたような気持ちになった。アリスが無事で、本当に良かった。泣きたくなるくらいに安堵し、一気に体の力が抜けていく。

「あちらにいるグレイ・ゴールディング様が、アリスを助けて下さったんです」

息を整えながらコールマン夫人の目線を辿れば、少し離れた場所で椅子に腰掛けているグレイ・ゴールディングと目が合った。その衣服は泥で汚れ、所々破れている。そして何よりも、赤黒く腫れた頬が一際目を引いていた。アリスを守るために、奮闘したというのが見て取れる。

　アリスを助けてくれたのだ、勿論彼には心の底から感謝をした。けれど、同時に込み上げてきたのは悔しさだった。

「アリスを助けて頂いたこと、礼を言う」

そんな自分勝手な感情を抑えつけ、頭を下げる。

やがて頭上から聞こえてきたのは、あまりにも厳しい言葉だった。

「お前に感謝される覚えはない。今の今まで何をしていたんだ？　婚約者というのは、ただ甘やかして可愛がって、物を買い与えるだけの役割なのか」

確か彼は侯爵家の子息だったはずだ。家格が上の自分に対し、こんな口の利き方をするなど許されることではない。

けれど、俺は何も言い返さなかった。言い返せなかった。全て事実だったからだ。彼女がこんな事になってしまったのは、間違いなく俺のせいだった。

俺が、アリスを守らなければいけなかったのに。

「……すまない」

そう呟けば、目の前の男は驚いたように、燃えるような赤い瞳を小さく見開いたのだった。


それからアリスが目覚めるのを待ち、数時間が経った。

その間に犯人が捕まり、身代金目的で彼女を襲い、誰でもよかったと話しているとの報告を受けた。そんな事のせいでアリスが傷ついたのだと思うと、抑えきれない程の怒りが込み上げた。

やがて様子を見に来ていた医者によって、アリスが目覚めたことを知らされる。ひどく安堵し、半日ぶりにまともに呼吸をしたような気さえした。

まずアリスの両親が呼ばれ、中へと入っていく。目覚めた彼女がまず気に掛けたのは、グレイ・

ゴールディングのことだった。

病室のすぐ前の椅子に座っていたせいで、ぽつぽつと中の会話が聞こえてくる。

「グレイ様が居てくれて、良かった」

――彼女の口からそんな言葉など、聞きたくなかった。

何もかもが、憎かった。アリスを傷つけた男も、彼女を助けてくれたグレイ・ゴールディングさえも。そして何より、彼女を守れなかった自分自身が一番、憎かった。

包帯を幾重にも巻かれた彼女の痛々しい腕を見た瞬間、絶望した。俺はまた、失敗したのだと思った。やり場の無い怒りが、体中を駆け巡っていく。

……そんな時、ふと、思い出したのだ。

幼い頃、大事なものは大切に宝箱に仕舞っておくべきだと、母によく言われていたことを。


「その後は、我が家で君を預かるよ」

「えっ？」

アリスの退院まで、あまり時間が無い。帰ったらすぐに準備に取り掛かろう。

窓を塞いで、鍵をつけて。ああ、そうだ。彼女の好きな物も沢山揃えなければ。やらなければならないことは沢山ある。

「もう絶対に、誰にもアリスを傷つけさせやしない」

大事な彼女を守るための、『宝箱』を作るのだから。

鍵

グリンデルバルド家に来てから、一ヶ月が経った。

この一ヶ月間、わたしはグリンデルバルド家の敷地内から一歩も外に出ていない。

起きて身支度をし、アーサー様と共に朝食をとり学園へと向かう彼を見送る。彼が帰ってくるまでは読書や勉強をしたり、裁縫をしたり。彼が帰ってきた後は二人でゆっくりと過ごし、夕飯を食べ、眠る。それの繰り返しだった。

アーサー様と過ごす時間が多いのは嬉しい。けれど、流石にそろそろ息が詰まりそうだった。学園にも行きたいし、家族にも友人にも会いたい。

……先週、公爵様から呼び出されクロエ様に関する報告を聞いた。捕まった男と関わっていた証拠が出てきて、彼女は罪を認めたそうだ。

そして療養という名の、領地での謹慎を命じられたらしい。クロエ様は王都から遠く離れた領地で、外部との連絡を断ち一歩も外に出られない生活を送り続けることになる。年頃の彼女にとっては、何よりも辛いだろう。

「……アーサー様は、なんと言っていましたか」

罪を認めた後に、彼女はそれだけを尋ねたそうだ。アーサー様には知らせていないと伝えれば、糸が切れたように泣きだしたと公爵様から聞いた。

ミオン様は、クロエ様の計画について何も知らなかったという。誕生日パーティにわたしを呼ぶだけで、多岐にわたる援助を約束するという話だったそうだ。従兄弟の婚約者を祝いたいという彼女の言葉を、そのまま信じてしまったらしかった。

知らなかったからと言って、許される訳ではない。それでも、彼女の処罰については何も求めなかった。甘いと言われるだろうけど、彼女自身に恨みはない。もうこんな過ちを繰り返さないでくれれば良かった。その後、彼女からは長い謝罪の手紙や品が届いていた。

こうして、あの日のことは全て解決したのだった。

唯一気がかりなのは、グレイ様だ。手紙を書いても返事が来るとは思えず、会いに行く訳にもいかず、彼のその後が気になっていた。

◇◇◇

「アリスはこれも好きだったよね？　食べさせてあげようか」

「だ、大丈夫です……！　自分で食べられます」

今日もわたしは、アーサー様と共に一緒に朝食をとっている。朝日よりも眩しい笑顔で微笑まれ、甘やかされ続けていた。

クロエ様のことを知らせていないせいで、「全て解決しましたし、もう帰りますね」なんて言う訳にもいかないのだ。そもそも犯人は捕まっているのだけれど。

アーサー様はと言うと、ロナとの会話を聞かれてしまってからというもの、未だに彼はこれ以上ないくらいに上機嫌だった。

……今思えば、あの時はロナとのお喋りが楽しくて、自分でも信じられないくらいに饒舌になっていた。思い出すだけでも恥ずかしくて顔を覆いたくなる。

ロナ曰く、あの日のわたし達のやり取りは愛し合う二人の美談として、いつの間にか屋敷中に広まっているらしい。メイド達にとって、貴族同士の恋愛というのは憧れなのだとか。すれ違うメイド達が頬を染めてわたし達を見る理由が分かった気がした。本当に恥ずかしい。

学園へと向かうアーサー様を見送り、勉強をして過ごした後は、グリンデルバルド家専属のお医者様に腕を診てもらった。少し傷は残ってしまうらしいけれど、順調に治っているようで安心した。

その後、部屋で読書をしているうちにあっという間に夕方になっていた。あまりにも小説の内容が切なく、思わず涙しそうになっていたところでアーサー様の帰宅を知らされて。

玄関まで出迎えに行くと、彼の他に見知った顔がふたつ、そこにあった。

「アリスちゃん、怪我は大丈夫？」

「お見舞いにきたよー！　これ、どうぞ」

そう言ってライリー様からは大きな花束を、ノア様からは有名店のケーキを渡された。久しぶりにこの屋敷の人以外の顔を見た気がして、嬉しくなる。

「お二人共、ありがとうございます」

「どういたしまして。ねえ、アーサーの部屋でお茶しよう！　そこの君、四人分のお茶お願いね」

ライリー様は近くのメイドにそう声をかけると、わたしの怪我をしていない方の腕を引いてアーサー様の部屋へと向かっていく。アーサー様は「来るなと言ったのに」と溜め息をついていた。


アーサー様の部屋にて、四人でテーブルを囲む。二人に会うのは、彼の誕生日以来だった。

「本当に災難だったね。怪我は大丈夫？」

「はい。今日もお医者様に診て頂きましたが、順調に治っているそうで良かったです」

「良かった。最近、物騒な事件多いもんねえ」

そんな話をしながら、頂いたケーキを一口食べてみる。あまりの美味しさに、つい頬が緩んだ。

「アリス、美味しい？　俺の分もあげるよ」

「えっ？　アーサー様も食べてください」

「俺は美味しそうに食べているアリスを見ている方がいい」

そんなやり取りをしているわたし達を、二人はなんとも言えない表情で見ている。

「ねえ、アーサーって毎日こうなの？」

「毎日、こんな感じですけど……」

「僕、この一瞬だけでもう胃もたれしそうなんだけど。アリスちゃんってすごいと思う」

ライリー様はそう言うと、ケーキを食べていたフォークを置いた。アーサー様は気にしていないらしく、にこにこと笑顔を浮かべたままわたしを見つめていた。

「あ、そうだ。ここに来るまでにやけに大きい変な鍵がついてる部屋があったけど、あんなの前来た時あったか？」

「あ、それ僕も気になってた」

間違いなく、わたしの部屋のことを言っていた。

アリスの部屋だよ、とアーサー様が答えるとノア様は深い溜息をついた。

「……アーサー、流石にあれはやりすぎだ」

「僕も今、普通に引いたんだけど」

「こんなことを続けていたら、本当にアリスちゃんに嫌われるぞ。お前もダメになる」

「……………………」

そんなノア様の言葉を受けて、アーサー様の視線がわたしへと向けられる。まるで捨てられた子犬のような瞳だった。

「アリスちゃんも、嫌なことはちゃんと嫌だって言った方がいいよ」

「ノア様……」

彼は、本気で心配してくれているようだった。

「こんなところに二人で居たら、余計におかしくなる。学園にもそろそろ出ておいで」

「駄目だ」

すかさずそう言ったアーサー様に、ノア様の視線が鋭くなる。

「あのなあ、お前は一生アリスちゃんをあんな部屋に閉じ込めておく気かよ」

「ノアには分からない事だ」

「分かりたくもねえよ」

そうして、二人は言い合いになってしまった。わたしはどうしていいか分からず、戸惑うばかりで。そんな三人を尻目に、ライリー様だけが呑気に紅茶をすすっていたのだった。

幼き日の願い

「あの二人、二年に一回はあんな感じになるから、そんなに気にしなくてもいいと思うよ」

ライリー様はそう言ったけれど、目の前で起こっている上に自分が話題の中心であっては、気にしない訳にもいかない。

「アリスが傷つくくらいなら、嫌われた方がマシだ」

「だから、お前は極端すぎるんだよ」

変わらず二人は口論を続けている。ライリー様はため息をつくと、じっとわたしを見た。

「アリスちゃん自身はどうしたいの？　ずっとここに居たいの？」

「……わたし、は、」

「嫌だって言わないことは、優しさじゃないよ」

彼のその言葉は、まるでわたしの気持ちを全て見透かしているようだった。

わたしは、どうしたいのか。思ったことを口にするのは少しだけ怖い。うまく伝えられるかも分からない。

思い返せば、今まで生きてきて何かを嫌だと言ったことなんて、数えられるほどしかなかった。このままでは駄目なことも、わかっている。わたしは小さく深呼吸した後、口を開いた。

「アーサー様」

そう名前を呼べば、彼はノア様に向けていた視線をわたしへと移した。ノア様もまた、黙ってわたしを見ている。

「わたしは、アーサー様と学食でお昼を食べて、お喋りをして過ごす時間が好きです」

「……アリス？」

「また舞台も見に行きたいです。一緒にカフェにも行きたいし、お買い物にも行きたい」

──彼がわたしのせいでひどく不安になってしまったことも、誰よりも心配してくれていることもわかっていた。わたしのために、色々と気を遣ってくれたのも知っている。

「心配をかけてしまってごめんなさい。わたしを守ろうとしてくれて、本当に嬉しいです」

「…………」

「でもわたしはまだ、アーサー様と一緒に行きたい場所も、見てみたい物も沢山あるんです。それに、家族にも友達にも会いたい。学園にも行きたいです」

アーサー様が誰よりもわたしのことを想い大切にしてくれていることは、痛いほどにわかっていた。彼のそんなところが大好きだった。それでも。

「ですから、ずっとここにいるのは嫌です」

はっきりとそう言い、アーサー様を見つめた。彼の瞳は、悲しそうに揺れている。

「これからは、アーサー様に心配をかけないようにもっと気をつけます。だから、」

そこまで言ったところで、遮るようにしてアーサー様に抱きしめられた。

「……少し、考えさせてくれないか」

その言葉に頷くと、抱きしめる腕に力がこもったのがわかった。きっと、アーサー様ならわかってくれる。わたしはそう信じている。

「アリスちゃんにここまで言わせてこのままだったら僕、アーサーと友達やめちゃうからね」

「同感だ」

「それにしてもアリスちゃん、可愛いこと言うね。アーサーなんてやめて僕にしない？」

「……ライリー、本気で追い出すぞ」

いつの間にか、その場の雰囲気も少し和らいでいた。

◇◇◇

夕食後、アーサー様に呼び出されたわたしは、彼の部屋を訪れていた。ソファに腰掛けている彼の隣に座るよう言われ、そこに腰を下ろした。

やがて肩に温かな重みを感じ、彼がわたしの肩に頭を預けていることに気づく。サラサラとした綺麗な髪が首筋に当たって、少しだけこそばゆい。

「……俺はずっと、公爵家の人間として冷静であろうと思って生きてきた。気が付けば、周りにも、そう言われる事が多くなっていた」

アーサー様は、静かに言葉を紡ぎ始めた。

彼と出会う前にはそんな噂をよく聞いていた。アーサー・グリンデルバルドという人はいつも冷静沈着で、完璧そのものだと。まるで機械のようだと言っている人もいた。

「けれど、アリスのこととなると駄目なんだ。自分が自分でなくなるみたいに、感情の抑えが利かなくなる」

けれど今わたしの隣にいる彼は、とてもそんな風には見えない。誰よりも人間らしいとさえ思う。

「アリスのことを考えるだけで、胸が苦しいんだ。君に何かあったらと思うと息も出来なくなる。君が傷ついてから此処に来るまでの間、まともに眠れず食事も喉を通らなかった」

「………………っ」

「出来るなら一生、ここにいて欲しい。本気で君をずっと閉じ込めておきたいと思ってる」

――彼の言っていることは間違いなく、普通ではない。

一生閉じ込められるなんて、もちろん嫌だった。けれどその気持ちを重たいとか、嫌だと思えないわたしもきっともう、普通ではないのかもしれない。

「……けれど君が、一緒に行きたい場所も、見てみたい物も沢山あると言ってくれた時、思い出したんだ」

そう言うと、彼はそっとわたしの手を握った。

「十年前の俺は、君と同じ世界で生きたいと思った。だからこそ、手術を決意したんだ。その時の気持ちが、まさにそれだった。君と色々な場所に行って、同じものを見たいと思った」

「アーサー様……」

「それなのに俺は、君の気持ちも過去の自分の気持ちも全て、踏み躙《にじ》るところだった」

幼き日の彼が同じことを思ってくれていたと思うと、嬉しくて、切なくて。涙腺が緩んだ。

「許して、くれるだろうか」

アーサー様は透き通るような美しい青い瞳で、わたしを見つめた。彼がいつもわたしに向ける、まるで好きだと言っているようなまっすぐな視線が、とても好きだった。

その問いに対し深く頷けば、彼は今にも泣き出しそうな顔で微笑んだ。

まっすぐに

「アリス、そこ間違ってるよ」

「ありがとうございます、ここが本当に苦手で」

あれから一週間。腕の傷もほぼ治り、わたしは明日自宅に戻ることになっている。自分から言い出したものの、寂しい気持ちでいっぱいだった。

これからはまた、アーサー様と会えるのは学園への行き帰りと昼休みだけになる。一緒に朝食を食べたり、寝るまでゆっくり話をしたり。そんないつの間にか当たり前のように思えていた日常が、特別なものだったことに今になって気づく。

そして最終日の今日は、二人で紅葉を見に行くはずだった。けれど生憎の雨で、わたしはアーサー様に休学中の勉強を教えて貰いながら過ごしていた。彼の部屋で隣に座り、分からない所を聞きながら問題を解いていく。

アーサー様の教え方は、とても分かりやすい。彼は学園の中でも片手に入るほどの上位の成績だ。本当に彼は何でもそつが無い。もちろんそれが才能によるものだけでなく、人知れず積み重ねられた努力があるからだということもわかっていた。

わたしはと言えば真面目に勉強をしてきたおかげで、全体では上の下くらいの成績だった。数学だけはかなり苦手で、今日も数学を中心に教えてもらっている。

アーサー様はわたしが質問をする時以外は、隣で本を読んでいた。何気なくすぐ隣を見れば、真剣な顔で文字を追う姿がすぐそこにあって。あまりにも綺麗な横顔に、つい見とれてしまう。

——アーサー様の横顔をじっくりと見る機会というのは、あまり無かったかもしれない。

そしてそれは、いつも彼が真っ直ぐにわたしの方を向いてくれているからだと気が付いた。舞台を見に行った時ですら、こちらを向いているくらいなのだ。思い出して、思わず笑顔になる。

長い睫毛に、すっとした高い鼻、薄い綺麗な形の唇。ため息が漏れてしまいそうなくらいに、その顔は美しく整っていた。

「……そんなに見つめられると、少し照れるな」

気が付けば長時間見つめてしまっていて、わたしはすぐに謝ると慌てて視線を教科書へと戻した。

そして今度は、わたしが視線を感じる番で。彼はそっと本を閉じると頬杖をつき、わたしの方を
じっと見つめていた。

「俺の顔、そんなに見て楽しい？」

「……き、綺麗だな、と思いまして」

「嬉しいな、もっと見ていいよ」

なんて言う彼の方を見られるはずもなく。わたしはひたすら頭に入ってくるはずもない数式を、
見つめることしかできない。

「アリスは本当に可愛いね。少し、休憩にしようか」

「はい、すみません……」

やがて落ち着いたわたしは、先程から気になっていたことを尋ねてみた。

「いま読んでいる本は、どんな内容なんですか？」

「これは隣国のティナヴィア王国についての本だよ。代々、グリンデルバルド家の跡取りは学園を
卒業後、短期間留学することになっているから」

「ということは、アーサー様も行かれるんですね」

「ああ、最低でも三ヶ月程は居ることになると思う」

隣国のティナヴィア王国は大国で、政治や教育など多岐にわたってこの国よりも発展していると

聞いたことがある。王太子や貴族の子息が留学することも少なくない。

まだ先のことだけれど、三ヵ月という長い期間アーサー様に会えないのはとても寂しい。そんな気持ちが表情にも出ていたのだろう。彼は柔らかな笑顔を浮かべた。

「良かったら、アリスも一緒に行かないか」

「わたしも、ですか？」

「ああ。君さえよければ。アカデミーで興味がある分野を学んでもいいし、ただ旅行気分で付いてきてくれたっていい」

それは、とても魅力的な誘いだった。いつかは他国へと行ってみたいと思っていたけれど、もちろんそんな機会なんて無くて。

その上アーサー様と一緒にいけるなんて、言葉では言い表せないくらいに嬉しい。この先一番の楽しみになりそうだった。

「是非、行ってみたいです」

「本当に？　良かった。すぐに手配しておくよ」

アーサー様はほっとしたように微笑んだ。

◇◇◇

翌日、自宅に戻ると皆に温かく出迎えられた。両親にもひどく心配をかけてしまい、本当に気をつけなければと改めて反省した。

広間で休んでいると、丁度昨日届いたのだとお母様から大きな花束を渡された。わたしが一番好きな、あの花だった。

「お手紙も一緒に届いてたわよ」

「これは、どなたから？」

「グレイ様よ」

「……グレイ様から、ですか？」

先日、助けてくれたお礼と体調を気遣う手紙を送ったものの、返事なんて来ないだろうと思っていたのだ。けれど彼は、手紙だけでなく花束まで送ってくれていたらしい。わたしがこの花が好きだったのを、彼は覚えてくれていたのだろうか。

花を生けるようハンナに頼むと、部屋へと戻った。少しだけ緊張しながら、その手紙を開く。

そこにはわたしの体調を気遣う言葉と、一度会って話したいという事が、まるでお手本のような字で綴られていた。

こぼれ落ちる

「コーヒーと、紅茶を一つずつ」

「かしこまりました」

店員の女性は彼の顔を見ると少しだけ顔を赤らめ、ぺこりと頭を下げるとオーダー表片手に厨房へと入っていく。

わたしは今、グレイ様と二人静かなカフェにいた。グレイ様とこんな風に向かい合って話す日がくるなんて、思いもしなかった。

……彼から手紙が届いたあと、アーサー様とも相談した結果、カフェという人目がある場所で会うことにしたのだ。彼は今も、店の近くで待ってくれている。

グレイ様が何故会いたいと言い出したのかは分からないけれど、わたしとしては改めてお礼を言い、彼の怪我の具合を知りたかった。

やがて目の前に置かれた紅茶を一口飲むと、わたしは口を開いた。

「お身体の方はどうですか？」

「問題ない。腕の怪我は良くなったのか」

「はい、お蔭様で。ほとんど完治しました」

「それなら、よかった」

目の前の彼は、その雰囲気も話し方も何もかもが、信じられないくらいに穏やかだった。

わたしが知っている彼は、触れたら怪我をしそうなくらいに刺々しくて、一緒にいるだけで息が詰まりそうだったのに。まるで人が変わったようで、戸惑ってしまう。

赤黒く腫れていた頬も元通りになり、彼は美しい顔でまっすぐにわたしを見ていた。

「お花も、ありがとうございました」

「ああ」

「どうして、あのお花を？」

「昔から好きだったろう」

やはりわたしが好きだったのを覚えていて、わざわざ送ってくれたらしい。本当に、何もかもがグレイ様らしくないと思ってしまう。

「覚えていて下さったなんて、思いもしませんでした」

「全部、覚えている」

「えっ？」

「アリスとの事は、何ひとつ忘れてなんかいない」

……何と反応したらいいのか、わからなかった。まるで初対面の人と話している様な気分だった。

「初めて会った日を、覚えているだろうか」

「……覚えています、けど」

突然の質問に驚きつつも、その日のことは記憶にあった。

――確かわたし達が六歳の時だ。今日はお友達が出来るわよ、とお母様に連れられて向かったのがゴールディング家だった。

大きなキラキラとしたお屋敷の中にいた、キラキラした綺麗な男の子。それがグレイ様だった。

こんなに素敵な子とお友達になれるなんて、と嬉しかったのを覚えている。

『はじめまして、グレイ様！　アリスと申します』

『……アリス？』

『はい、よろしくお願いします』

手を差し出せば、彼は温かな手でそっと握り返してくれて、胸が弾んだ。

それからは家族ぐるみの交流が多くなり、彼とはよく会うようになった。その頃のグレイ様は誰よりもわたしに優しくて、だんだんと大切な存在になっていった。

グレイ様に会う日には、いつもよりも身だしなみを気にして、ドキドキしながら会いに行った。子供ながらに、恋のようなものをしていたのかもしれないと、今になって思う。

……けれどそんなある日、突然彼は変わってしまったのだ。

それから十年以上、わたしは彼から酷い扱いを受け続けるうちに、彼が誰よりも嫌いになっていた。そして誰よりも嫌われていると思っていた、のに。

「太陽みたいだと思った」

「……え、」

「眩しくて温かくて、俺の欲しかったものそのものだった。家族の中に居場所は無くても、傍にアリスさえ居てくれれば幸せになれると思った」

驚いて顔を上げれば、視線が絡んだ。燃えるようなその赤い瞳から、目が離せなくなる。

「過去にしてきたことを、許して貰えるとは思っていない。今更、こんなことを言うのも迷惑だというのもわかっている」

「……グレイ、様？」

「それでも、最後に伝えたいと思ったんだ」

彼の予期せぬ言葉に戸惑い、頭の中が真っ白になっていたけれど、最後という言葉に心臓が嫌な音を立てた。そんなわたしを見透かしてか、彼は困ったように眉を下げ、微笑んだ。見たことがないくらい、ひどく優しい表情だった。

――どうして今更、そんな顔をするのだろう。

そして彼は、まっすぐにわたしの目を見て言ったのだ。

「初めて見た時から、ずっと好きだった」と。

グレイ・ゴールディング

「……酷い、です」

グレイ様からの告白を聞いて、一番にわたしの口から出てきたのはそんな言葉だった。

彼がわたしとの婚約をずっと望んでいたことや、わたしへと向けるその視線から、その気持ちには何となく気づき始めてはいた。それでもこうしてはっきりと言葉にされると、戸惑いを隠せない。

散々人を傷つけておいて、今更好きだなんて言う彼は自分勝手だ。

そんな告白など、聞きたくなかった。

「っ色んなことも、我慢して、」

「アリス」

「わたしは本当に、辛かったのに……」

「……本当に、すまなかった」

何をするにも罵倒され、まともに友人も作れず、年頃の令嬢らしいお洒落をすることすら許されない。そんな辛い思いばかりをしてきた過去の自分が、あまりにも可哀想で。思わず泣いてしまいそうになるのを必死に堪える。

今更反省して謝られたところで、許す事などできるはずもない。けれど彼も、それを十分に理解しているようだった。

しばらく沈黙が続いた後、口を開いたのはグレイ様だった。

「アリスが病院で目覚めた後、俺が居てくれてよかったと、言ってくれただろう」

「……はい」

「その言葉を聞いた時、目の前の霧が全て晴れたような気分になった。きっと、ずっと誰かに言って欲しかった言葉だった」

わたしのあの何気ない一言が、彼にとってはそれほどに意味のあるものだなんて、思いもしなかった。そんな言葉に救われてしまう彼は、どれほど追い詰められていたのだろう。

「俺はもう、それだけで生きていける」

両親から愛されて育ったわたしには、彼の気持ちは分からない。けれどきっと、想像もつかないほどに悲しくて寂しくて、孤独だったに違いない。

──グレイ様が、嫌いだ。誰よりも嫌いだった。

けれどそんな言葉だけでは片付けられないほどに、目の前の彼は可哀想な人だった。

「半年後、成人したら俺はあの家を出る」

「えっ？」

「知人の元で平民として雇ってもらうことになっている。今後、アリスに会うことも無いだろう。それまでの期間も、社交の場にはもう顔を出さない」

「そんな……」

「ゴールディング家は、もう長くない。どちらにせよ家を出た後には、奴らの悪事を明るみに出すつもりだ」

彼がそんなことを考えていたなんて、全く知らなかった。家族も地位も捨て平民として生きていくなど、想像もつかないほどに辛く大変なことだろう。

それでも目の前の彼は、本気のようだった。

「アリスは、本当に優しいな」

「グレイ、様？」

「今日は来てくれてありがとう。最後に会えて嬉しかった」

そう言うと、彼はテーブルの上に多すぎるお金を置いて立ち上がった。本当にこれで、彼に会うのは最後なのだろうか。なんだか、現実味がなかった。

そのまま店を出ていく彼に対してかける言葉が見つからず、わたしはその背中を見つめることしか出来ない。彼は、一度も振り返ることはなかった。

……グレイ様との関わりが無くなるなんて、少し前のわたしならば飛び跳ねて喜んだに違いない。

それなのに、今は心の中にぽっかりと穴が空いてしまったようだった。

思い返せばわたしの記憶の中には、いつも彼がいて。

誰よりもわたしの一番近くに居たのも、グレイ様だった。

『アリスと、ずっと一緒にいれたらいいのに』

記憶の中の彼は、笑っている時ですらどこか寂しそうで。わたしの顔を見る度に、いつもほっとしたような表情を浮かべていたのを思い出す。

この胸の中にある感情が一体何なのか、今のわたしには分からなかった。

◇◇◇

「すみません、お待たせしました」

グレイ様が出ていったあと、わたしはしばらくそこに一人座ったままだった。やがて冷えた紅茶をひと口だけ飲むと、アーサー様が待ってくれている馬車へと戻った。

「このままアリスの家へ送って大丈夫だろうか」

「少しだけ、遠回りしてもらえませんか」

「君がそうしたいのなら、いくらでも」

アーサー様は、そんなわたしに何も聞かなかった。ただ、何も言わずに隣でわたしの手を握ってくれている。それが何よりも心地よくて、甘えてしまう。

「……辛いことがあったとしても、最後には必ずその分幸せなことがあるのだと、お祖母様はいつも言っていたんです」

突然そんな話を始めたわたしを、アーサー様は穏やかな顔で見つめ、黙って聞いてくれていた。

「けれどこの十年間は辛いことの方が多くて、どうしてわたしばかりこんな目にあうんだろうと、ずっと思っていました」

「…………」

「でも、わかったんです」

お祖母様が言っていたことが、間違いではないかと思った日もあった。それほどに、長くて苦しい十年間だった。

けれど、今は違う。

「全部、アーサー様に会うためだったんですね」

「アリス、」

「わたしは今、本当に幸せですから」

そう言ったわたしをアーサー様はやさしく引き寄せ、そっと抱きしめてくれた。その温かさに包まれながら、瞳を閉じる。

「……これからは、もっと幸せにするよ」

そんな優しい彼の腕の中で、わたしは過去の自分が報われていくような、そんな気がしていた。

従姉妹

あっという間に季節は変わり、王都ではちらほらと雪が降り始めていた。肌寒い日々が続く中、わたしは今日も変わらずアーサー様の隣で、馬車に揺られている。

学期末の試験を終え、手応えのあったわたしは上機嫌だった。アーサー様には遠く及ばないけれど、順位にもかなり期待出来そうだ。そんなわたしの報告を聞き、彼は嬉しそうに微笑んでいた。

アーサー様はどうでしたか、なんて野暮な質問は勿論していない。

「アリスは冬期休暇はどう過ごすの？」

「わたしは毎年、領地で過ごしています」

再来週には冬期休暇が始まるけれど、二ヶ月弱あった夏期休暇とは違い、三週間程とかなり短い。その三週間のほとんどを、わたしは例年家族と共に領地で過ごしていた。

王都から少し離れた場所にあるコールマン家の領地は、夏はジメジメとして暑いけれど、冬になると雪は少なく比較的寒さも控えめで、とても過ごしやすい。

毎年、寒さの厳しい地域に住む歳の近い従姉妹達もまた、我が家の領地へ一週間ほど遊びに来る。その同い年の従姉妹のヘレナに会うのが、わたしは少しだけ憂鬱だった。

幼い頃はとても仲が良かったのに、突然ちくちくと嫌味を言ってくるようになったのだ。彼女の家は子爵家で、コールマン家より家格は低いものの、我が家とは比べ物にならない程裕福だ。その上、ヘレナは誰もが認める美人だった。

だからこそ、そんな彼女がわたしなんかに一々突っかかってくるのが本当に不思議で仕方ない。

けれど、ヘレナのことは別に嫌いではなかった。嫌味と言っても可愛らしいもので大概聞き流せるし、いい加減に慣れてしまった。とは言っても、彼女は常にわたしを見張るようにして付いて回る上に、何をするにも口を出してくるから気が休まらないけれど。

「アーサー様はどう過ごされるんですか？」

「冬の間は毎年、王都に居るよ」

「そうなんですね」

アーサー様と会えないのは寂しいけれど、たった三週間だ。意外とあっという間かもしれないと思っていると、アーサー様は少し考え込む素振りをした後、口を開いた。

「コールマン伯爵領に、遊びに行っては駄目かな」

「ア、アーサー様がですか？」

「ああ。そちらの都合が良ければ、二日程度だけど」

予想外のその申し出に、間が抜けた声が出る。

本来なら、あんな場所までアーサー様がわざわざ出向いて下さるなんて喜ばしいことだ。けれど彼に来て貰ったところで、満足なもてなしが出来るかと言われるとかなり不安だった。屋敷も広いだけで、使用人も多くない。

その上、もしヘレナが来る日と被ったりなんてすれば、間違いなく面倒なことになる。

「本当に、本当に何も無い所なんです」

「俺はアリスがいるだけで十分だよ」

そう言われてしまっては、断るなんてもう無理だった。夏期休暇の際には、グリンデルバルド家の領地へとお邪魔してしまったから尚更だ。

結局、冬期休暇の間もアーサー様に会いたい気持ちもあったわたしは、わかりましたと返事をしてしまうのだった。

◇◇◇

「アリス、ヘレナちゃんとロニーくんがいらっしゃったわ」

「……今、行きます」

お母様にそう返事をすると、わたしはそっと栞を挟み読んでいた本を閉じた。

冬期休暇三日目の今日、早速従姉弟たちは朝から我が家へとやって来たらしい。わたしは自室を出て広間へと向かう。

ドアを開けるとすぐに、ヘレナとばっちり目が合った。

「あらアリス、相変わら、ず……」

早速、今年も恒例の嫌味が始まるかと思ったけれど、彼女の言葉はそこでぷつんと途切れた。その瞳は驚いたように見開かれている。

思い返せば、彼女の挨拶はいつも「あらアリス、相変わらず辛気臭い顔に、野暮ったいドレスねえ」なんてものだった。けれど今のわたしはしっかりと化粧をし、ドレスも先日アーサー様が冬用にと送って下さった、最新の高級品を着ている。どうやら見た目を貶すのには失敗したようだった。

「久しぶり。ヘレナもロニーも元気だった？」

「え、ええ……。アリスも元気そうね」

「アリス姉様、お久しぶりです」

ヘレナはわたしからぱっと目を逸らすと、目の前に置かれたティーカップに口をつけた。美しいブロンドヘアに、エメラルドのような色の切れ長の瞳。小さな顔の中で、整ったパーツたちが正しい位置に並んでいる。彼女は相変わらず綺麗だった。

わたしの一つ歳下のロニーもまた美少年で、ヘレナとは違い穏やかな優しい子だ。とても可愛くて、昔から彼とは仲がいい。

彼女たちと向かい合うようにしてソファに腰かけると、紅茶を啜る。その間も常にこちらを窺うようなヘレナの視線を、痛い程に感じていた。

「ねえ、公爵家の長男と婚約したって本当なの？」

「ええ」

「そ、そう。相手も余程見る目がないのね」

「わたしのことはいいけれど、婚約者のことを悪くいうのはやめて」

「なっ……」

珍しく言い返したせいか、ヘレナは大きな瞳を更に見開いた。わたしのことを悪く言われたところで気にはしないけれど、アーサー様のことを悪く言うことだけは許せなかった。

けれどここで、怒るどころか少しへこんだような態度を見せるのがヘレナなのだ。今もしょんぼりとした顔をしている。だからこそわたしは、彼女のことが嫌いになれなかった。まるで小さな子供のようで。

「ヘレナも婚約が決まったって聞いたわ、おめでとう」

「そ、そうなの！　とても素敵な方なのよ」

「それは良かった、安心したわ」

「アリスにも早く紹介したいと思っていたの」

そう言ったヘレナは頬をバラ色に染めて、照れたような表情を浮かべていた。お相手は裕福な伯爵家の跡取りで、かなりの美男子らしい。

幸せそうな彼女を見ると、わたしまで嬉しくなった。

◇◇◇

それから数日が経った。初日以来、ヘレナは全くわたしに嫌味を言わないどころか、常にくっついて来ては笑顔で話しかけてくるのだ。こんな彼女は何年ぶりだろうか。

何か悪いものでも食べたのではないかと、不安になるくらいで。正直気味が悪いけれど、嬉しくもあった。

「聞いたわよ、アリス！　もうすぐあなたの婚約者が此処に来るそうじゃない。どうして教えてくれなかったの？」

「……ヘレナ、ノックくらいして」

そんな四日目の朝、ドタバタという騒がしい音と共に、わたしの部屋へと駆け込んできたのもヘレナだった。外では誰よりも淑女らしい振る舞いをする癖に、家の中では未だに子供のようだ。

「一週間後らしいわね。その日まで私、帰らないから」

「えっ？　ちょっと、それは」

「絶対に！　帰らないからね！　ちなみに今日の朝食のサンドイッチ、とても美味しいから早く起きてきなさい」

そう言うと、嵐のように彼女は去っていく。彼女のおかげで眠気は吹き飛んでいた。使用人にもしっかりと口止めをしておくべきだったと後悔しつつ、支度をする。

ちなみに、朝食のサンドイッチは本当に美味しかった。

それから更に一週間後、アーサー様が我が家へとやって来る日になった。

結局ヘレナはまだ我が家にいるものの、相変わらず嫌味一つ言わない。そんな彼女は、絶対にわたしの婚約者を見るまで帰らないと譲らなかった。

昼前になり、使用人によってアーサー様の来訪を知らされる。わたしよりも早くヘレナは玄関へ向かっていた。どれだけわたしの婚約者が気になるんだろうか。

「アリス、久しぶり。会えて嬉しいよ」

「わたしもお会いできて嬉しいです。ようこそいらっしゃいました」

ドアを開けた先には、いつもと変わらずに穏やかな笑みを浮かべるアーサー様がいて。思わず浮かれてしまう気持ちを抑えつつ、彼を屋敷の中に通して広間へと案内する。

その途中で、やけにヘレナが静かで不安になり振り返ると、彼女は何故か睨み付けるような表情で、アーサー様を見つめていたのだった。

視線の先

わたしはアーサー様の隣に座り、向かいにはヘレナとロニーが並んで座っている。ヘレナは先程の表情が嘘のように、柔らかい笑みを浮かべてアーサー様を見つめていた。

「婚約者のアーサー・グリンデルバルド様よ。アーサー様、従姉弟のヘレナとロニーです」

「初めまして、これからよろしく」

そう言って微笑む彼に対して、ヘレナもにっこりと笑顔を浮かべる。その愛らしさは、同性のわたしでもどきりとしてしまうくらいだった。

「お初にお目にかかります、ヘレナ・オルティスと申します。素敵な方とは聞いておりましたが、想像以上ですわ」

「ロニー・オルティスです。よろしくお願いいたします」

あの睨むような表情を見た後だ。彼女が失礼な態度をとらないかと少し不安だったけれど、むしろ好意的な雰囲気でほっとする。

「アーサー様、とお呼びしてもよろしいですか？」

「ああ、構わないよ」

「ありがとうございます。私のことは是非ヘレナと」

それからと言うもの、ヘレナはずっとアーサー様に話しかけ続けていた。失礼なのではないかと言うくらい、質問をし続けている彼女に冷や汗をかいたけれど、アーサー様は全く気にしていない様子で、終始にこやかだった。

「素敵な方ですね、グリンデルバルド様は」

「うん、本当にわたしには勿体ないくらい」

「何より、アリス姉様が幸せそうでよかった」

「ロニー……」

そう言って心から嬉しそうに微笑むロニーに、じわりと涙腺が緩んだ。わたしは昔から、彼の優しさや気遣いに何度も救われていた。

ヘレナがわたしにちくちくと嫌味を言っていた時も、「どうか、ヘレナ姉様を嫌いにならないでください」といつも彼は眉を下げて言っていたことを思い出す。

そんなロニーにも、もうすぐ彼の両親によって婚約者が決められるという。どうか素敵な方でありますようにと、わたしは祈らずにはいられなかった。

それからは屋敷の中を案内する時も、少しだけ外を散歩する時も、夕飯の時も。ずっとヘレナはアーサー様とわたしにぴったりくっついていた。

「アリスはブロッコリーがとても苦手なんですのよ」

「本当に？　それは知らなかった」

「ヘレナ、恥ずかしいからあまりそういう事は言わないで」

「今度から俺が食べてあげるよ」

「じ、自分で食べられます……！」

そして彼女はよく、わたしの話をした。好きな物や嫌いな物、苦手なことなど、彼女が知るありったけの情報を。流石にこの歳になれば、苦手なものも笑顔で食べているから、アーサー様が知らないのも当然だ。

彼はそんなヘレナの話を、とても嬉しそうに聞いては「覚えておくよ」「気をつけるようにする」と言ってくれて。恥ずかしくもあったけれど、胸の中が温かくなった。

夕食後、ヘレナの目を掻い潜ってアーサー様の部屋をこっそり訪れたことで、ようやく二人きりになることができた。

「今日はヘレナが騒がしくて、すみません」

「いや、大丈夫だよ。俺は彼女みたいな子は好きだから」

「………？」

どう考えても彼女の言動は褒められるものではない気がするのだけれど、アーサー様は本気でそう言っているようだった。彼が女性をこんな風に言うのは珍しい。

「あの、アーサー様」

「うん？」

「えっと……その、」

そしてわたしは今、アーサー様とテーブルを挟んで向かい合っているけれど、内心もう少し彼に近づきたいと思っていた。久しぶりに会えたというのに、今日一日皆で過ごしていたことで、話も十分に出来ていないのだ。

けれど、恥ずかしくて近くへ行くどころか、その気持ちを伝えることもできない。ちらりと彼を見れば、二週間ぶりに会ったせいもあってか、いつも以上に眩しくて。見ているだけで精一杯だ。

そんなわたしの気持ちを知ってか知らずか、アーサー様は自身が座っているソファの隣の辺りをぽんぽんと叩くと、その綺麗な顔を花のように綻ばせた。

「おいで」

——もしかして、顔や態度に出てしまっていたのだろうか。

そう思うと恥ずかしいけれど、こうしてきっかけを与えてもらえたわたしはおずおずとアーサー様の隣に座る。そんなわたしを、彼は「かわいい」と言って、ぎゅっと抱き寄せた。

「本当に、会いたかった」

「わたしもです」

彼の体温と大好きな匂いに包まれて、わたしは心の底から満たされていくのを感じていた。

◇◇◇

翌日の昼。今日も変わらず、ヘレナは朝からわたし達にくっついて行動していた。アーサー様もまた、嫌な素振り一つ見せることもなく笑顔でヘレナに対応してくれている。

そうして午後からは、わたしの部屋でお茶をしようということになった。

……今こそ、特訓の成果を発揮する場だ。

「わたしがお茶を用意してもいいでしょうか？」

「アリスが？」

過去に何度か、アーサー様が手ずからお茶を淹れてくださることがあったのだけれど、それがとても美味しくて。そんな彼のようになりたいと思い、わたしもこの休みを利用してメイドに教えてもらいながら練習していたのだ。

その事を話すと、アーサー様は「ぜひ飲みたいな」と微笑んでくれた。

「では、準備をして来ますね」

「僕も手伝います」

「ありがとう」

手伝いを申し出てくれたロニーと共に、キッチンへと向かう。そこでアーサー様がお土産として持ってきてくれた物の中に、たくさんの茶葉があったことを思い出した。

「何を飲むか聞いてくるから、待っていて」

淹れ方は練習したものの、茶葉についての知識はまだまだ足りない。しかも彼から頂いたものは全てかなりの高級品らしく、見たことすらないものばかりなのだ。彼のおすすめや今の気分にあったものを聞こうと思い、二人が待つ部屋へと戻って来た時だった。

「君には感謝しているんだ」

突然聞こえてきたそんなアーサー様の声に、わたしは思わずドアにかけた手を止める。

「俺も君と同じ気持ちだから、すぐにわかったよ」

「アーサー様……」

「だからこそ、安心して欲しい」

一体、何の話だろうか。人の話を立ち聞きするなどよくないと思いつつも、足が動かない。

そうしてしばらく無言が続き、聞こえてきたのは。

「君は、アリスが心配なんだね」

そんな、アーサー様のひどく優しい声だった。

「……アーサー様の、仰る通りです」

やがて、ドア越しにそんなヘレナの声が聞こえてきて。「失礼な態度をとってしまい、申し訳ありませんでした」という静かな声が続いた。

――ヘレナが、わたしを心配していた？

ずっと彼女の言動から、わたしは彼女に好かれてはいないのだと思っていた。だからこそ、その言葉に驚きを隠せない。

「どうか、アリスをよろしくお願いいたします」

「ああ、必ず幸せにするよ」

そんな二人のやり取りを聞いたわたしは、しばらくその場から動けなかった。

◇◇◇

その日の夜、わたしはヘレナの部屋を訪れていた。急にどうしたのよ、なんて言いながらも彼女はすぐに部屋へ通してくれて、お茶の準備をメイドに頼んでいる。

そうして目の前にティーカップが置かれたあと、わたしは早速、一番気になっていたことを尋ねてみることにした。

「ヘレナは、わたしのことが嫌い？」

「……………っ」

彼女にとっては予想外の質問だったのだろう。ヘレナはひどく驚いた様子で、手に持ったばかりのティーカップを落としかけていた。

しばらくその大きな瞳は逃げ場を求めるように落ち着きなく泳いでいたけれど、やがて諦めたように彼女は呟いた。

「き、嫌いなわけ、ないじゃない」

「それならどうして、あんな態度をとっていたの？」

嫌いではないというその言葉に改めて驚きつつ、わたしはすかさず次の質問をぶつけた。まっすぐ彼女を見つめれば、長い睫毛がそっと伏せられる。

観念したのか、先程よりも早く答えは返ってきた。

「……子供の頃、アリスは急に元気がなくなったでしょう」

そう言った彼女は、皺が出来るくらいに淡いブルーのドレスをきつく握りしめていた。

きっとヘレナが言っているのは、グレイ様が突然変わってしまった時期だろう。その頃からわたしは自分に自信が持てなくなり、だんだんと内気になっていった。

「いくら尋ねても、アリスは絶対に理由を教えてくれなかったわ。それなのに私がしつこく聞いたせいで、ヘレナには関係ないって、言われてしまったの」

「……えっ」

「私はアリスに何でも話していたのに、って自分勝手な私は拗ねてしまって……それからは元気の無いアリスを元気づけたくても、っ意地悪なことしか、言えなくて、」

ヘレナの深い緑色の瞳から、ぽろぽろと大粒の涙がこぼれ落ちていく。彼女があんな態度をとっていたのは、そんなわたしの一言が原因だったなんて。

わたしからすれば、つい口から出てしまった何気ない言葉だった。けれど当時の彼女にとっては、かなりショックなものだったのだろう。そう思うと、胸が痛んだ。

……ヘレナに理由を話さなかったのは、心配をかけたくなかったからだ。それに当時は、彼女が王都にある我が家に遊びに来ることもあった。万が一、理由を話した後に彼女がグレイ様に出くわし、文句のひとつでも言って彼を怒らせてしまったらと思うと、怖かったのだ。

わたしもあの頃は自分のことで精一杯で、心に余裕など無くて。だからこそ、ついきつい言い方をしてしまったのだと思う。彼女はわたしを心配してくれていたというのに。

「くだらないと、思ったでしょう……？　それなのにその年以降も、前の年の自分の態度を思い出したら、どんな顔をしたらいいかわからなくて、っ毎年毎年タイミングを逃して、今まで来ちゃったのよ……！」

そう言うと、ヘレナは子供のように声を上げて泣き出してしまった。彼女は昔からひどく不器用で、意地っ張りで。そのせいで失敗をしては、いつも泣いていたのを思い出す。

ヘレナに対して苦手意識など持たずに、わたしがもっと早くに歩み寄るべきだった。そんなわたしの態度もまた、彼女をそうさせてしまっていたに違いない。

「ヘレナ、ごめんね」

わたしは立ち上がると彼女の隣に移動し、その背中を優しく撫でた。

そんなわたしに対して、彼女はごめんねと何度も謝罪の言葉を繰り返していたのだった。


しばらくしてヘレナが泣き止むと、わたしは冷えてしまったお茶を淹れ直し、改めて彼女の話を聞いた。アーサー様にあんなにも話しかけたり、ずっとわたし達の後を付いて回ったりしていたのは、彼の人となりを知る為だったらしい。

好き嫌いなどわたしの話をずっとしていたのも、アーサー様にそれらをよく知ってもらい、少しでもわたしが暮らしやすいようにして欲しかったのだという。あまりにも不器用で斜め上を行くその心遣いに、思わず笑ってしまった。

そんな話をしていると不意にノック音が響いて。どうぞと声を掛ければ、ドアの隙間からロニーが顔を出した。彼は泣き腫らして真っ赤な目をしたヘレナを見て、彼女と同じ色の瞳を驚いたように見開いていた。

ソファに腰かけた彼に今までの話を説明すると、ロニーは「ようやくですか」と溜め息をついた。

「毎年コールマン家からの帰り道は、アリスにまた酷いことを言ってしまった、私はなんて馬鹿なんだろう、もう消えてしまいたい、と永遠に嘆く姉様の声を聴きながら馬車に揺られていたのですが、今年は大丈夫そうで安心しました」

「ロ、ロニー……！」

さらりとそんなことを話したロニーに、ヘレナは慌てたように声を上げ、頬を赤く染めた。ロニーが毎年、彼女を嫌いにならないでくれとわたしに言っていたのは、そんな彼女を見ていたからなのだろう。再び笑みが零れた。

「姉様がここに来られるのは、今年が最後なんですよ」

「えっ？」

「だからこそ、素直になれたのなら本当によかった」

驚いてヘレナを見ると、「嫁ぎ先はここからかなり遠いの」と、困ったように彼女は微笑んで。わたしの両手を、真っ白で艶やかな両手がそっと包み込んだ。

「今アリスが幸せそうなのは、アーサー様のお蔭なのね」

「……うん」

「昔と変わらないアリスの笑顔を見て、本当に安心したの。これで心残りがないまま、嫁ぐことができるわ」

そのお蔭で今年は少し素直になれたし、と彼女は笑う。

――もしもわたしが変われているのならば、それは彼女の言う通り、全てアーサー様のお蔭だ。彼の言葉や愛情に、その存在に、どれほど救われたかわからない。

「わたし、今とても幸せよ」

そんな心からの気持ちを伝えると、ヘレナもまた昔と変わらない笑顔を浮かべていたのだった。

◇◇◇

翌日、朝一番にヘレナは帰ると言い出し、あっという間に荷物をまとめて彼女達は馬車に乗り込んだ。元々無理やり延泊していたらしく、間違いなくお父様に怒られると、彼女は悪戯をした子供のような顔で笑っていた。

「ヘレナ、元気でね。今度はわたしが会いに行くから」

「ありがとう。ずっと待ってるわ」

……どうか、彼女が幸せになれますように。そう祈りながらアーサー様と共にヘレナを見送った。寂しさは勿論あるけれど、それ以上に胸の中は温かさに包まれている。

「アーサー様はお昼頃に発つ予定ですよね？」

「ああ。その事なんだけど、」

そうして彼は、良ければグリンデルバルド家の馬車で一緒に王都に戻らないかと誘ってくれた。わたしも明後日には戻る予定だったから、それは願ってもない申し出で。すぐにわたしは両親に許可を取り、荷造りを始めた。

「ヘレナと蟠《わだかま》りが無くなったのも、アーサー様のお蔭です」

「俺は何もしていないよ」

王都へと戻る途中、馬車の中で昨日のことを報告すると、彼は良かったねと優しく頭を撫でてくれた。アーサー様と出会ってからというもの、わたしは少しずつ前へと進めている気がする。

「きゃ、っ……！」

そんなことを考えていると急に大きく馬車が揺れて、わたしはアーサー様に思い切りもたれかかる形になってしまう。彼はすぐに腕をわたしの体に回し、支えてくれた。

「アリス、大丈夫？」

「はい、すみません……。雪、酷くなってきましたね」

「ああ。今日中に王都に着くのは難しそうだ」

コールマン家を出てからというもの、だんだんと天気は悪くなっていき、気がつけば猛吹雪になっていた。窓の外も真っ白で何も見えない。時折強い風が吹いては、馬車を揺らした。昔の我が家のオンボロ馬車なら、とっくに壊れていたに違いない。

御者や護衛の人々もこれ以上進むのは危険だと判断したらしく、急遽近くの街に泊まることになった。

「アーサー様とアリス様は、こちらへ」

そうして案内されたのは、綺麗なホテルだった。けれど何故か、護衛の男性の表情は暗いままで。

「大変申し訳ありません、この悪天候でどこも満室で、無理を言って何とか確保出来たのは一部屋だけでして……」

「えっ」

思わず、驚きの声が漏れる。

ちらりと隣にいたアーサー様の顔を盗み見れば、珍しく彼も驚いた表情をしていた。

「アリスは、それで大丈夫？」

「も、もちろんです！」

「良かった、ありがとう」

……どうやらわたしは今夜、アーサー様と二人きりで泊まることになってしまったらしい。

届かない笑顔を追いかけて

「……アーサー様、もう寝ましたか？」

「まだ起きているよ」

おやすみという言葉を交わし、明かりを小さくしてから三十分程経っただろうか。慣れない場所のせいか、瞳を閉じて羊の数を数えてみても、全く眠れる気配はなくて。

もしかしたらアーサー様も、という期待を抱いて囁くような声で尋ねてみたのだ。眠っている彼を起こしてしまったらという不安もあり、返ってきた答えに安堵した。

お世辞にも柔らかいとは言えないこのベッドは、セミダブルサイズであまり大きくはない。寝返りを打てばぴったりとくっついてしまいそうな距離が恥ずかしくて、わたしは彼に背を向けるような体勢で横になっている。

「まだしばらく、眠れなさそうですか？」

何気なくそんなことを聞いてみると、背中越しにアーサー様がくすりと笑った気配がした。

「好きな女性と同じベッドの上にいて、すぐに寝付く事が出来る男がいるのなら会ってみたいな」

「………………！」

その言葉に、一気に顔に熱が集まっていく。改めてこの状況を意識してしまい、わたしは指先ひとつ動かせない程に固まってしまっていた。

「そんなに緊張しなくても大丈夫だよ」

「す、すみません……！」

「こっちを向いて欲しいな。アリスの可愛い顔が見たい」

とてつもなく恥ずかしいけれど、そんな風にお願いされて嫌だなんて言えるはずがない。

ゆっくりと反対側を向くと、柔らかく微笑むアーサー様と目が合った。今まで以上に早鐘を打ち続ける心臓の音が、彼にまで聞こえてしまわないかと心配になる。

それからは、ぽつりぽつりとお互い他愛のない話をしていたけれど。話題が留学の話に移ったところで、不意にアーサー様は「もうすぐ卒業か」と呟いた。

……この休みが明けた後は、最後の試験と卒業パーティがあるだけだ。あっという間に卒業式を迎えることになるのだろう。登下校中や昼休みに彼と過ごしていた時間がもうすぐ無くなってしまうと思うと、とても寂しい。

そもそも、アーサー様と再会してからまだ一年も経っていないというのが信じられない。そう思える程に、彼と過ごした日々はとても充実したものだった。

「アーサー様にとって、どんな五年間でしたか？」

「俺の学園生活はアリスが全てだったよ」

「えっ？」

わたしと彼が一緒に過ごしたのは、五年間のうちのたった数ヶ月だ。だからこそ不思議に思っていると、アーサー様はそっと右手でわたしの頬に触れた。

「毎日、君を探してたんだ」

ひどく切ないその声色と手つきに、胸が締め付けられる。

「一目だけでも姿を見たくて、登校時間を変えてみたり、意味もなく廊下に出てみたりした。馬鹿みたいだろう」

「そんなこと、ありません」

「君の笑顔を見れた日には、どんな事でもできる気がした」

初めて聞くその事実に、わたしは驚きを隠せなかった。当時のわたしがその話を聞いたとしても、そんな馬鹿なと笑い飛ばして絶対に信じなかっただろう。

「二年くらい前かな、廊下ですれ違い様にノアが君とぶつかったことがあった。アリスはすぐにすみませんと謝って、それに対してノアもごめんね、と返したんだ。たったそれだけでも、君と言葉を交わしたノアが羨ましくて、しばらく八つ当たりをしてしまったよ」

「ふふ、理不尽すぎます」

訳もわからずに八つ当たりされて戸惑うノア様を想像し、申し訳ないけれど思わず笑ってしまう。

そんなにも彼が自分を想ってくれていたことを改めて知り、わたしは嬉しさで身体中が満たされていくのを感じていた。

「アリスは、いつ俺のことを知ったの？」

「お名前は前から知っていましたけど、お顔と一致したのは入学してすぐです」

公爵家の長男である彼の名前や評判は、社交の場でもよく耳にしていた。学園で初めてその姿を見た時には、あまりの美しい姿に見とれてしまったことを思い出す。

学園内で彼を見かけた時には、あんな完璧な人が好きになる女性はどんな人なのだろう、と想像したこともあった。

……まさかそれが自分だなんて、思いもしなかったけれど。

「ずっと、素敵な方だなと思っていました」

「本当に？　当時の俺に教えてあげたいよ」

当時のわたしにとっても、彼は遠い雲の上の存在で。

だからこそ、今こうして一緒に居られること自体が奇跡みたいなものだった。

「ねえ、アリス」

「なんですか？」

「抱きしめてもいいだろうか」

突然のその言葉に動揺しながらもこくりと頷けば、そっと抱きしめられた。

彼の腕の中は、とても安心する。優しい温もりと大好きな匂いに包まれながら、わたしはいつの間にか眠りについていたのだった。

◇◇◇

アーサー様と共に一夜を過ごした翌日は、前日と打って変わって快晴で。無事に王都へと戻ることができた。

そして数日後の冬期休暇の最終日、わたしはリリーに誘われ彼女の好きな俳優が出ている舞台を見に行き、王立図書館などが入っている施設のカフェでお茶をしていた。

冬期休暇で会えなかった分たっぷりとお喋りをし、そろそろ帰ろうかと会計を済ませ、出口へと向かう。その途中で、不意にカランと音を立てて、リリーの髪飾りがわたしの目の前に転がった。

すぐに拾おうと、屈んだ時だった。

「邪魔だ、退け」

頭上から、吐き捨てるような冷たい声が降ってきて。驚いて顔を上げれば、ひどく冷たい金色の瞳と目が合った。

その彫像のような美しい顔には、嫌悪感が滲み出ている。その身なりから、彼がかなり高い身分だと言うことが窺える。わたしは慌てて髪飾りを手に取ると立ち上がり、横に避けた。

「……失礼、致しました」

そんなわたしの声に反応することなく、彼は従者を引き連れてまっすぐに歩いて行く。やがて突き当たりを曲がり姿が見えなくなると、ほっとしたように小さく溜め息をついた。

「アリス、大丈夫？　私のせいでごめんなさい……！」

「うん。わたしも前を確認しなかったのが悪いから」

「ありがとう。それにしてもティナヴィア王国の男って皆ああなのかしら、酷い態度だわ！」

「ティナヴィア王国？」

眉を釣り上げて怒る彼女の口から出てきたのは、数ヶ月後にアーサー様と共に留学する予定の国の名だった。

「ええ。さっきのは隣国の公爵家の三男よ、数日前の夜会で見かけたから間違いないと思う」

「そうなんだ」

「顔だけは誰よりも綺麗だけど、中身が最低すぎるわ」

確かに先程の彼は、驚く程に綺麗な顔をしていた。それでいて地位もあるのだ、ああいった態度なのも頷ける。

「そう思うと、アーサー様って本当に素敵よね」

先程まであんなにも怒っていたと思えば、今度はうっとりとした表情を浮かべるリリーに、肩の力が抜けていく。

けれど何故か、先程の彼の人を人とも思わない冷たい瞳が、しばらく頭から離れなかった。

予想外

冬期休暇が明けて、一ヶ月が過ぎた頃。

まだ地面に雪が残る肌寒い朝、いつものように屋敷まで迎えに来て下さったアーサー様の表情は少しだけ暗くて。理由を尋ねたところ、返ってきた答えは予想外のものだった。

「……我が国の第四王子であるディラン殿下も一緒に、ティナヴィア王国へ留学することになってしまったんだ」

「えっ」

昨晩、彼が王家主催の晩餐会に招待されているとは聞いていたけれど、まさかそんな話になっていたなんて。思わず驚きの声が漏れた。

「俺も一緒なら安心だと陛下に言われてしまっては、流石に断ることなど出来なくて」

「わたし、お邪魔なのでは……」

「そんなことはないよ。婚約者も一緒だと伝えてあるし、殿下もアリスに会うのを楽しみだと言っていたから」

旅行気分で来て欲しいと言ったのに、気を遣わせることになってしまってすまない、とアーサー様は申し訳なさそうに瞳を伏せた。

……第四王子であるディラン様は確かわたし達よりも二つ年下で、何度か姿を見たことがあるけれど、林檎のような赤い髪が印象的な、活発で明るい雰囲気の方だった。

「卒業後、すぐに隣国へ向かうことになる。留学期間は当初の予定よりも伸びるし、滞在先はあちらの王宮になると思う」

「お、王宮……」

なんだか話のスケールがあまりにも大きくなっていて、わたしは軽く目眩がしていた。第四王子と公爵家長男と、わたし。明らかに一人だけ浮いている。その上何ヶ月も王宮に滞在するなんて、ぐっすり眠れる日が来るとは思えなかった。

「……嫌に、なった？」

「い、いえ！　驚いてしまっただけです」

その不安が顔に出てしまっていたのだろう。

アーサー様はわたしの手を握ると、縋るような視線をこちらへ向けた。

「こんなことになっても、嫌なら行くのをやめていいと言ってあげられなくてごめん。何ヶ月も君と離れていたくないんだ。なるべく、大変な思いをさせないようにするから」

「アーサー様……」

間違いなく彼の方がわたしよりも大変だというのに、気を遣わせてしまって申し訳なくなる。彼の手をそっと握り返すと、笑顔を浮かべた。

「ありがとうございます。少し緊張や不安はありますが、アーサー様と一緒に行きたい気持ちは変わっていません」

「良かった。必ず時間を作るから、二人で観光もしよう」

「はい、楽しみにしていますね」

わたしのその言葉に、アーサー様は今日初めての笑顔を見せてくれたのだった。

◇◇◇

「おかえり、アリス」

「お父様、只今帰りました。……お客様ですか？」

ディラン殿下の話を聞いてから、一週間後。学園から帰宅して広間へと入ると、お父様と向かい合って座る見知らぬ男性の姿があった。焦げ茶色の髪と目をした柔らかな雰囲気のその男性は、わたしを見るなり嬉しそうに目を細めた。

「初めまして、アリスちゃん。君の父の幼馴染で、親友のロナルドだ。よろしくね」

こちらこそ、と挨拶をするとすぐにお父様に隣に座るよう促された。何故わたしがこの場に、と不思議に思いつつもメイドに鞄を預けソファに腰を下ろす。

「私はティナヴィア王国に住んでいて、君が我が国に留学に来ると聞いてやって来たんだ。頼みたい事があって」

「頼みたい事、ですか？」

ロナルド様は少し表情を曇らせた後、続けた。

「……私には君よりも一つ歳下の娘がいるんだが、アカデミーで公爵家の方に粗相をしてしまってからというもの、浮いてしまっているようなんだ。友人も皆離れていったようで……。それでも家族の私達の前では笑顔を作って、何も言ってはくれなくてね」

「そんな……」

「君さえ良ければティナヴィア王国に滞在中、我が家に遊びに来てくれないだろうか？　娘のエマと会って、話し相手になって貰えたら嬉しい。他国の令嬢の君なら、何のしがらみもなく友人になって貰えると思ったんだ」

そうしてロナルド様は、どうか頼むと悲痛な表情で頭を下げた。娘のためにこうして他国まで来て、わたしのような若い娘に頭を下げているその心情を思うと、胸が痛んだ。

社交界では、たった一度のミスが命取りになる。公爵家の方に目をつけられてしまったのなら、尚更だ。エマ様から離れて行ったご友人達の気持ちも、分からなくはない。彼女と一緒にいて目をつけられてしまっては、家族に迷惑をかけることだってあるのだから。

「ロナルド様、お顔を上げてください。わたしでよければ、是非エマ様とお友達になりたいです。初めて行く場所に、友人がいるのは心強いですから」

「本当かい？　ありがとう……！　もちろん我が家を滞在先にしてもらっても構わないんだ」

正直、かなり有難い申し出で。王宮で数ヶ月過ごすと思うと、息が詰まりそうだった。それにロナルド様のお屋敷でお世話になれば、エマ様ともより仲良くなれるに違いない。

かと言って、わたし一人で決めることなど出来ない。アーサー様に確認をとってから返事をすることにした。

「ありがとうございます。宜しければ、もっとエマ様のことを教えて頂けませんか？」

「ああ、もちろんだよ」

そうして嬉しそうにエマ様のことを話すロナルド様を見て、少しでも彼らの力になれたらいいなと、心から思った。


翌日、わたしは早速アーサー様にロナルド様の話をし、王宮で暮らすのは落ち着かないこと、出来るのなら彼の屋敷に滞在したいことを正直に伝えた。

「少し調査をして大丈夫そうであれば、構わないよ」

「調査、ですか？」

「うん。君の父上の友人だから大丈夫だと思うけれど、何ヶ月もアリスが暮らすんだ。一応ね」

それでアーサー様が安心出来るのならと、わたしは頷く。

「エマ嬢に、兄弟は？」

「居ないはずです、一人娘だと聞きました」

「それなら良かった。アリスが同年代の男性と一緒に暮らすなんて、流石に許せそうにない」

アーサー様は、困ったような笑顔を浮かべた。そう思って貰えるのは、なんだか嬉しい。

「エマ様は王立のアカデミーに通っているそうで、わたしもそこの短期留学生として通ってもいいでしょうか？」

「もちろん。アリスには好きなことをして欲しいからね」

「ありがとうございます！」

アカデミーでは年齢は関係なく、学びたいものを数ヶ月単位で学ぶことが出来るらしい。アーサー様とディラン殿下は、王宮内にある専門機関で勉学に励むと聞いている。

——留学まで、あと三ヶ月。

不安や緊張もあるけれど、まだ見ぬ他国での生活や友人への期待に胸を膨らませていたわたしは、ティナヴィア王国で波瀾万丈な学園生活を送ることになるなんて、この時はまだ知る由もなかった。

甘い嫉妬

「今日も本当に綺麗だよ、アリス。女神のようだ」

「ありがとうございます」

そんなこちらが恥ずかしくなるような言葉を、アーサー様はお世辞ではなく本気でいつも言ってくれるのだ。わたしが女神に見えている彼の視点で、自分を見てみたいと常々思う。特殊なフィルターがかかっているに違いない。

そんな彼は、今日も驚く程に素敵だ。馬車を降りてからというもの、すれ違う女性達は皆彼に釘付けになっている。わたしに向けられるちくちくと刺さるような視線にも、大分慣れてきた。

今日は二人でオズバーン公爵家主催の舞踏会に参加する。ディラン殿下も参加するらしく、挨拶する予定だ。王家の方と話す機会など滅多にないため、少し緊張してしまう。

会場へ入り、まずは今日の舞踏会の主催者である公爵様に挨拶をする。それからは二人で挨拶回りをしていると、真っ赤なロングヘアの美女がアーサー様に声をかけた。

「あら、アーサーじゃない。久しぶりね」

「レリーナ殿下、お久しぶりです」

「可愛い婚約者だけじゃなく、たまには私とも踊って頂戴」

ディラン殿下と同じ髪と目の色をしたその女性は、第二王女のレリーナ様だった。アーサー様はわたしと一緒にいる時には基本的にダンスの誘いを断っているけれど、相手が王女様となってはそういう訳にもいかないだろう。

大丈夫だという意味を込めて微笑めば、アーサー様は笑顔を浮かべて彼女の手を取った。ホールの真ん中へと向かっていく二人を、グラス片手に見つめる。

そんな美男美女が完璧に踊る姿は、わたしだけでなく周りにいた人々も思わず溜息を漏らすくらいに素敵だった。

「初めまして、綺麗なお嬢さん」

「……はじめ、まして」

そう言って目の前に現れたのは、同い年くらいの男性で。突然口説き文句のようなものをぺらぺらと話し始めた彼に、わたしは驚いて固まってしまっていた。

思い返せば社交の場でこうして男性に声をかけられることなど、今まで無かったのだ。

アーサー様と婚約する前はグレイ様がずっと傍にいて、男性どころか他の令嬢とも話すことが出来なかった。彼は絶対にわたしから離れることはなかったし、どんなに声をかけられてもわたし以外と踊ることはなかった。

「もしかして、グリンデルバルド様が好みなの？」

「いえ、わたしは……」

彼がそう思ったのは、先程わたしがずっとアーサー様をずっと目で追っていたからだろう。どうやら目の前の彼は、わたしがアーサー様の婚約者だとは知らないらしい。

少し動揺してしまったものの、彼と来ているのだとはっきり言おうとした瞬間だった。

「残念だけど、彼には溺愛している婚約者がいると言うからね。その代わりと言っては何だけれど、よければ僕と踊」

「よく知っているじゃないか」

気がつけばわたしと男性の間にはアーサー様が立ち塞がっていて、男性は「へ？」と間抜けな声を漏らしていた。

会場に流れる曲は変わっていて、レリーナ殿下とのダンスを終えたあと急いで来てくれたのが窺えた。先程までしっかりとセットされていた金色の髪が、少しだけ乱れている。

「君の言う、俺が溺愛している婚約者に何か用かな？」

「え、ええと……」

そこで初めてわたしがその婚約者だと気づいたらしく、男性は「すみません！」と言って、慌ててその場を離れて行った。

「ごめんね、アリス」

先程まで男性に向けていた冷ややかな笑顔とは打って変わって、蕩けるような笑顔を浮かべると、アーサー様はわたしの頬を長い指で撫でた。少しだけ、くすぐったい。

「……他の女性と踊っていた癖に、君が俺以外の男性と話したり踊ったりするのは許せないなんて、自分でも小さい男だと思うよ。それでも、嫌いにならないで欲しい」

「そんなこと、」

「本当に小さい男になったな、アーサー」

慌てて訂正しようとしたけれど、そんなわたしの声と被るように笑い声が聞こえてきて。振り返れば、満面の笑みを浮かべたディラン殿下がそこにいた。

「……殿下」

「お前もそんな顔をするようになったのか」

楽しそうに笑うと、殿下はわたしに向き直った。二つ歳下とはいえ、わたしよりもその背は高く、レリーナ殿下とよく似た整った顔立ちをしている。

「初めまして、アリス嬢。ディラン・クロックフォードだ。よろしく頼む」

「お初にお目にかかります、アリス・コールマンです。こちらこそよろしくお願い致します」

「一緒に留学する仲なんだ、気楽にいこう」

殿下はわたしの手を取ると、軽く口付けて。笑顔を浮かべたままアーサー様をちらりと見た。

「という訳で、仲良くなる為に彼女と踊っても？」

「……俺は小さい男なので、了承しかねます」

「ははっ、本当に変わったな」

そう言うと、殿下は「私と踊ってくれますか？　お姫様」なんて言って跪いた。わたしに断ることなど出来るはずもない。ちらりとアーサー様を見れば、困ったように笑っていた。

そのまま手を引かれ、ホールの中心へと躍り出る。あまりダンスは得意ではないけれど、殿下が上手くリードをしてくれているお蔭でとても踊りやすい。

「……アーサーとは付き合いは長いが、基本的にいつも嘘くさい笑顔を貼り付けていて、文句一つ言わない男だったんだ」

「そうなんですか？」

「ああ。だから君といるアーサーは新鮮で、面白い。より君達と行く留学が楽しみになった」

その話ぶりから、二人の仲の良さが窺える。軽快なステップを踏みながら、殿下は続けた。

「アーサーには過去、何度も助けられていてね。そんな彼が大切にしている君はもう、私にとっても大切な友人だ」

「殿下……」

「私と一緒に行くことで、気苦労をかけることも多々あるだろう。その代わりと言っては何だが、困った事があれば私の名前を出してくれて構わない。大抵の事は何とかなる筈だ」

「お気遣い、ありがとうございます。とても心強いです」

凛とした、第四王子の顔がそこにはあって。その気遣いはとても嬉しく、心強いものだった。

「アリス嬢、アーサーの顔を見てごらん」

「えっと、」

「ははっ、今にも止めに入りそうな顔をしてるな」

いつの間にか大人びているように見えた表情は、年相応の悪戯な笑顔に戻っている。そしてその視線は、こちらをじっと見つめているアーサー様へと向けられていた。

一見、アーサー様はいつもと変わらない笑顔を携えてはいるけれど、かなり苛立っているのが伝わってくる。

「本当に、楽しくなりそうだ」

殿下はアーサー様に向かってぺろりと舌を出すと、わたしの腰に手を回し、くるりと見事なターンを決めたのだった。

◇◇◇

舞踏会も終わり、アーサー様と共に馬車へ乗り込む。そうして彼の隣に腰掛けた瞬間、きつく抱きしめられた。

「思っていた以上に、余裕がない自分が嫌になる」

「……アーサー様？」

「アリスが他の男性に笑いかけたり、触れ合ったりするだけで嫉妬でおかしくなりそうになる。今日もダンスの相手が殿下でなければ、途中で止めに入っていたかもしれない」

そう言って、彼はわたしの肩に顔を埋めた。何だかその姿は子供みたいで、可愛く思えてしまう。

柔らかな金髪をそっと撫でると、アーサー様は少しだけ顔を上げて、上目遣いでわたしを見た。

「アリスは俺と同じくらい好きになってくれると前に言っていたけど、多分無理だよ」

「どうしてですか？」

「俺が君のことを好きすぎる」

「ふふ、なんですか。それ」

熱を帯びた、青い瞳が揺れる。このままその瞳に吸い込まれてしまいたいと思う程、彼のことが好きだというのに。なかなか本人には伝わらないものらしい。

「それに、レリーナ殿下と踊っている俺を見ても嫉妬をするどころか見とれている君にも、本当は少し腹が立った」

珍しく拗ねた雰囲気のアーサー様に、胸が高鳴る。

あまりにも可愛くて、抱きしめ返す手にぎゅっと力を込めた。

「それはアーサー様が他の女性に興味がないのだと、心の底から安心しきっているからですよ。それでも他の女性に笑顔を向けているだけで、嫉妬してしまう事もありますし」

「本当に？」

「はい。恥ずかしくて、あまり言えませんけど」

「今度から、そういう時はすぐに言って欲しい」

「ぜ、善処します」

「けれどアリスに他の女性と話さないで欲しいと言われたら、本当に一生そうしてしまうかもしれないな」

「そんなの、困ります……！」

本当に、甘やかされすぎていつか溶けてしまいそうだと思った。

思い出に変わっていく

「ねえ、ハンナ。招待状は届いていない？」

「夜会やお茶会の招待状は沢山届いていますよ。今、整理されますか？」

「ううん、それはまた後でお願い。ええと、ゴールディング家からは何も？」

「はい。届いていないかと」

「そう、ありがとう」

この時期になると毎年必ず届いていたグレイ様の誕生日パーティの招待状が、今年は届かないままで。朝から晩まで彼に振り回されていたあの憂鬱なパーティが今年は無いのだと思うと、不思議な気分だった。

……誕生日当日の朝、「誕生日おめでとうございます」と花を渡してお祝いの言葉を伝えると、いつも無表情だった彼が少しだけ笑みを零していたのを思い出す。

「ゴールディング家にお花を贈っておいて」

「かしこまりました」

彼もまた、毎年わたしに花を贈ってくれていて。今年の誕生日にも大きな花束が届いていた。だからこそ、お返しとして贈るようハンナに一応頼んだけれど。

花が届く頃にはもう、彼はあの家にいないような気がした。

◇◇◇

あっという間に時間は過ぎ、無事に卒業前の試験も終えて。昼休みにアーサー様と二人で学食へ来るのも、今日で最後になっていた。

目の前には、初めて一緒に来た日と同じくサンドイッチのランチセットが並んでいる。

「……なんだか、寂しいです」

そう呟くと、向かいに座っているアーサー様も「俺もだよ」と眉を下げて笑みを浮かべた。

彼に婚約を申し込んだ後、初めてちゃんと話をしたのもこの場所で。それからは毎日二人で昼食をとるようになり、少しずつ距離が縮まっていった。

そしていつの間にか、昼休みに学食で彼に会えるのが何よりも楽しみになっていた。だからこそ、この時間がなくなると思うとひどく寂しい。

「君が初めて俺の名前を呼んでくれたのも、此処だったね」

「ふふ、懐かしいですね」

「本当に、泣きたくなるくらい嬉しかったんだ。学食じゃなかったら、我慢できずに抱きしめてしまっていたと思う」

アーサー様は少し照れ臭そうに微笑んだ。

『あの、アーサー様』

『……………っ』

『どうかされました？』

『……もう一度、名前を呼んでくれないか』

『アーサー様？』

わたしはその笑顔を見つめながら、そんなやり取りがあったことを思い出していた。一年も経っていないはずなのに、遠い昔のように感じてしまう。

初めて二人でここに来た日は、あのアーサー・グリンデルバルド様が目の前にいること、そして周りから物凄く注目されてしまったことで、食べた物の味すらわからなかった記憶がある。

懐かしくて、思わず笑みが零れた。

「卒業パーティも来週ですし、ようやく卒業するんだという実感が湧いてきました」

「パーティと言えば、ノアは大変そうだったな」

「同じクラスの子たちも皆、当たって砕けるなんて言って、お誘いしようとしていましたから」

ノア様にはまだ婚約者が決まっていないらしく、彼を同伴相手にと望む女の子達が猛アタックをしているようだった。ただの学園内のパーティと雖も、そこから親密になる人も少なくない。だからこそ、皆必死なのだ。

ライリー様は早々に、昔から付き合いがあるらしいスカーレット様との同伴を決めていた。お互い面倒事を避ける為だとか。意外な組み合わせだけれど、美男美女の二人はさぞ目立つことだろう。

「アリスと参加出来て、本当に良かった」

「こちらこそ。アーサー様にエスコートして頂けるなんて、わたしは幸せ者です」

「……君と関わらないまま過ごして、学園生活の最後に他の男性にエスコートされている姿を見たら、流石に立ち直れなかったかもしれない。今更になってそう思うよ」

「アーサー様とでなければ、ひとりで参加して友人達と過ごしていたと思います」

元々、学園生活の大半を男子生徒とほとんど関わらずに過ごしてきたのだ。そんなわたしが、万一誰かに誘われたとしても了承するとは思えない。

「卒業パーティ用に贈っていただいたドレスもとても素敵ですし、本当に楽しみです」

「早くそのドレスを着た君が見たいな。アリスはどんどん綺麗になっていくから、少し妬けるよ」

「アーサー様に比べたら、全然です」

アーサー様とわたしでは釣り合わないと、陰で言う人達が未だに沢山いることも知っている。けれどそれは腹も立たないくらいに、間違いのない事実だった。

それでも彼と出会ってからは沢山の人に変わったと、綺麗になったと言って貰えるようになった。

これからも彼に見合う人間になれるよう、努力していきたいと思う。

「そういえば、卒業前だからとアーサー様に告白をする方もいると聞きました」

「ああ、そんなこともあったね。俺はアリスのものなのに、くだらない事をする人間もいるんだと驚いた」

「わ、わたしのもの、ですか」

卒業を前に告白する人は多いと聞いていたけれど、婚約者がいると知った上でするなんて。場合によっては大事になるというのに、怖いもの知らずな人もいるらしい。わたしが舐められている証拠だと、リリーはとても怒っていた。

その話を聞いた時は少しモヤモヤしてしまったけれど、彼は気に留めていないようで安心した。

「うん、だから好きにしていいよ」

「す、好きに……?」

「アリスにされて嫌なことなんて、一つもないから」

アーサー様はさも当たり前のようにそう言うと、こちらが溶けてしまうような甘い笑顔を浮かべていて。そんな彼のせいで、最後の学食のサンドイッチの味もやっぱり、わからなかった。

変わらない願いを抱きしめて

「お嬢様、本当にお綺麗です……！」

そう言って微笑むハンナの目には、うっすらと涙が浮かんでいる。綺麗に着飾ってくれた彼女に心からのお礼を言うと、改めて鏡の中の自分に目を向けた。

彼の瞳と同じ色をした質のいいドレスは、思わずため息が出てしまうほどに美しい。

その場でくるりと回ってみると、スカートの裾の部分が星空のように輝いている。その部分は全て小さな宝石や砕いた真珠だと知った時には、値段を想像して目眩がした。

今日だけでなく、いつも素敵なドレスを贈ってくださるアーサー様には感謝してもしきれない。少しでもこの素晴らしいドレスに見合うようになろうと、改めて背筋を伸ばした。

準備を終えて待っていると、やがてアーサー様の到着を知らされて。玄関から出てきたわたしを視界に収めると、彼は眩しいものでも見るようにアイスブルーの瞳を細めた。

「……本当に、よく似合っている。こんなにも美しい君の隣に立てるなんて、誇らしいよ」

「ありがとうございます。アーサー様も、とても素敵です。ずっと見ていたいくらいに」

「そんなことを言われたら、このままパーティなんて行かずに攫ってしまいたくなる」

そう言って笑うと、彼はわたしに向かって手を差し出した。そんな仕草ひとつすら絵になる彼に、今日も胸が高鳴る。

アーサー様の手を取り、馬車へと乗り込む。そうして、学園生活最後のイベントである卒業パーティへと二人で向かったのだった。


会場に足を踏み入れると、辺りの視線が一気にこちらへと集まった。

特に女子生徒は皆、隣にいるタキシード姿のアーサー様に釘付けで。わたしには時折、羨望や嫉妬の籠った視線が向けられている。

「お、来た来た。アーサー、アリスちゃん！」

そんな中、ほっとするような明るい声に振り向けば、ライリー様とノア様、そしてリリーがいた。

結局、ノア様から後腐れの無さそうな友人を誰か紹介してくれないかと頼み込まれ、わたしはリリーを紹介した。彼女はいつもアーサー様やノア様のことを素敵だと言っていたけれど、それ以上の何かを望むことはない。

ノア様との同伴の話をすると、「あんなにも素敵な方と卒業パーティに出られるなんて、いい思い出になるわ！」と喜んでくれて、ぴったりな組み合わせだと安心した。

「アリス、本当に綺麗だわ」

「ありがとう。リリーもとても素敵よ」

「ふふ、ありがとう。それにしてもノア様といると、突き刺さるような視線が凄くて。アーサー様といる時、アリスはずっとこんな感じだったのね」

私には荷が重いわ、とリリーは笑う。

「あの、スカーレット様のお姿が見えませんが……」

「彼女なら入場後、すぐに友人達の所へ行ったよ。お互いそのつもりだったし」

あまりにも淡々としていて、逆に二人らしいなとも思ってしまう。一緒にいる姿が見られるのをこっそりと楽しみにしていたから、少し残念ではあった。

それからは皆で学園生活の思い出を話したり、クラスメートや友人に挨拶をしたりしているうちに、楽しい時間はあっという間に過ぎていく。

……これからも友人としての付き合いは続いて行くけれど、皆に会える頻度はかなり減ってしまうだろう。毎日のように沢山の人々と顔を合わせていた学園生活は、とても貴重で大切な時間だったのだと改めて気付かされる。口には出さなかったけれど、内心は寂しい気持ちでいっぱいだった。

やがて会場内に流れている音楽が変わり、間もなく卒業パーティの終わりが近づいていることを知らせていた。パーティの最後にはダンス用の音楽に変わり、一曲だけ好きな相手と踊ることが出来るのだ。

アーサー様はグラスを近くのテーブルに置くと、わたしに向かってその手を差し出した。

「俺と踊って頂けますか？」

「はい、喜んで」

彼の手に自分の手を重ね、ダンスフロアへと移動する。

ゆるやかな音楽に合わせて踊りながら、時折視線を絡めては微笑み合って。アーサー様によってリードされ、心地良い流れに身を任せる。王子様のような彼と踊っていると、まるで自分がお姫様にでもなったような気分になってしまう。

この幸せな時間が、いつまでも続けばいいのにと思った。

◇◇◇

パーティも無事に終わり、アーサー様と二人で帰りの馬車へと向かう途中、わたしは思わず校門の前で足を止めた。そんなわたしを見て、アーサー様もすぐに立ち止まる。

「ここで、アーサー様に婚約を申し込んだんですよね」

「あの時はあまりにも全てが俺にとって都合が良すぎて、いよいよ妄想と現実の区別がつかなくなったのかと焦ったよ」

「わたしも、夢や幻かと思いました」

二人で顔を見合わせて笑う。

……あの日、一番最初に彼がこの場所を通ったのは、きっと奇跡以外の何物でもない。

彼と引き合わせてくれた神様に、心から感謝をした。

昔も今も、少しだけ冷たい彼の手のひらをそっと握ると、嬉しそうに彼は微笑んで。つられて笑顔になってしまう。

「あっ、流れ星」

ふと空を見上げると、綺麗な星空が広がっていて。そのまま夜空を眺めていると、きらりと輝く

流れ星が見えた。

「願い事、しなくていいの？」

意地悪っぽく、アーサー様が微笑む。

夏期休暇の時に、二人で星空を見た時のことを思い出しているのだろう。「アーサー様もお願い事してください！」なんて慌てて言ったことを思い出し、少しだけ恥ずかしくなる。

隣にいる大好きな彼へと視線を移せば、美しい横顔の奥でまたひとつ、夜空に光が流れていった。

けれど今はもう、必死に願いを唱えることなんてしない。

「わたしの願いは、あの日と変わっていませんから」

「……アリス？」

「星に願わなくとも、叶えてくれるんでしょう？」

そう言って微笑めば、彼は一瞬驚いたように目を見開いて。やがてわたしの大好きな、優しい笑顔を返してくれた。

「ああ、勿論だ」


——そして明日からはまた、新しい日々が始まる。

書き下ろし番外編

幸せのステップ

「舞踏会、ですか？」

「ああ。知人の主催する舞踏会に、父の代わりに参加することになったんだ。アリスさえ良ければ、一緒に参加して欲しい」

「公爵様の代わりに……」

アーサー様と婚約して、数ヶ月が過ぎたある日。

舞踏会に誘ってくださった彼は「駄目かな」と軽く首を傾げ、子犬のような瞳でわたしを見つめて。思わずすぐに頷きそうになるのを、わたしはすんでのところで耐えた。

「……お返事ですが、少しだけ待っていただけませんか」

「何か予定が？」

「いえ、そういうわけでは」

「それなら先日のパーティで、何か嫌な思いをしたとか」

「そ、そんなことはありません！　とても素敵な日でした」

心配そうな表情を浮かべるアーサー様に、慌ててそう伝えれば、彼は少しだけほっとしたような表情を浮かべた。

問題があるのは、わたしの方だ。

「本当に、行きたい気持ちはあるんです」

「うん、わかったよ。無理はしないでね」

「すみません……」

「謝らないで欲しいな」

わたしの頭を優しく撫で、ふわりと微笑むアーサー様に申し訳なさで胸が痛んだ。心がずしりと重たくなっていく。

——ああ、本当にどうしよう。

わたしは一人、心の中で頭を抱えたのだった。

◇◇◇

『本当にグレイ様とアリス様は、いつも一緒ですのね』

『子供の頃から、これが当たり前なので。なあ、アリス』

『は、はい』

『仲が良くて羨ましいですわ』

無理やり笑顔を貼り付けて、グレイ様の後ろをついて回る。そうして今日もわたしは自分を押し殺し、ひたすら彼の機嫌を伺い続けていた。

『アリス、踊るぞ』

『えっ？　で、でも、わたしは……』

『いいから付いて来い』

グレイ様は突然そう言ってわたしの腕をきつく掴むと、そのままどんどんホールの中心へと進んでいく。今すぐに逃げ出したいけれど、そんなことが出来たら苦労はしていない。

踊りを楽しむ人々の中へと混ざると、グレイ様は早くしろとでも言いたげな瞳でこちらを見ていて。わたしは恐る恐る彼の近くへと寄ると、差し出された手を取った。

……年に数回はこうしてグレイ様とダンスを踊る機会があるけれど、わたしはこの時間が本当に嫌いで、苦手だった。

至近距離で彼の真っ赤な瞳に見つめられると、身体が強張ってしまうのだ。わたしはひたすら俯き、ミスをしないようにと必死にステップを踏む、けれど。

『痛い』

『ご、ごめんなさい……！』

結局いつも、こうしてグレイ様の足を踏んでしまったり、間違えてしまったり。その結果、ひどく冷たい瞳で見下ろされると、泣きたくなってしまう。わたしが下手なのを分かっているのなら、他の人と踊れば良いのに。

そう思ったところで、もちろん彼に直接そんなことを言えるはずもなく。わたしは早く曲が終われと祈りながら、ぎこちないステップを踏み続けた。

『お前は本当に、いつまで経っても上手くならないな。俺が相手だからまだこの程度のミスで済んでいるんだ、絶対に他の人間とは踊るなよ。相手に恥をかかせることになる』

やがて一曲踊り終えると、彼は吐き捨てるようにそう言って、わたしを睨み付けた。

グレイ様と一緒でなければ社交の場に出ることも出来ないのだ。その上、いざ出たところで彼の隣から離れることすらできないというのに、どうやって他の人と踊ることができるというんだろう。

『……はい、すみません』

『分かったならいい。喉が渇いた、行くぞ』

そんな言葉を飲み込み、彼の機嫌を損ねないよう返事をすれば、グレイ様はわたしの腕を掴み、早足で歩き出す。

そうしてまた、彼の隣で、彼だけとしか話すことのできない、辛く長い時間が始まるのだ。

◇◇◇

「…………夢、か」

ベッドから身体を起こしたわたしは、夢だと分かるとほっと安堵の溜め息をついた。本当に、夢で良かった。

アーサー様からの舞踏会のお誘いをどうしようと悩み続けていたせいか、グレイ様との過去の嫌な夢を見てしまった。

――そう、わたしはダンスがとても苦手なのだ。

ダンスが下手なことで、もしもアーサー様に恥ずかしい思いをさせてしまったらどうしよう、幻滅されたらどうしようという不安が頭から離れない。

けれどいつまでも、逃げているわけにはいかない。いずれ避けて通れない日が来るのだから。

そして悩みに悩んだ結果、わたしは再来週に控えた舞踏会に向けて、猛特訓をすることにした。

まだ、時間はある。

「アーサー様、先日お誘いして頂いた舞踏会ですが、わたしで良ければ一緒に参加させてください」

「本当に？　嬉しいな、ありがとう」

言葉通り、本当に嬉しそうに微笑む彼を見ていると、頑張らなければという気持ちが強くなっていく。

「わたし、頑張りますから！」

「うん……？」

返事をしてしまった以上、もう後には引けない。そう宣言すると、わたしは気合を入れたのだった。

◇◇◇

そしてアーサー様に一緒に行くと宣言した数日後、わたしはリリーと共に、とある舞踏会に参加していた。

色々と相談したところ、リリーが「習うより慣れろよ！」とわたしを連れ出してくれたのだ。わたしには、圧倒的に経験が足りないのだと彼女は言う。

けれどグレイ様としか踊ったことがないわたしは、見知らぬ人と踊るのもまた怖くて。その結果、リリーのお兄様が練習相手になってくれることになった。何度も話をしたことがある優しい彼が相手ならば、少しは安心して練習することができる。

三人でしばらくお喋りを楽しんだ後、そろそろ踊ってみようかという話になった時だった。

「……アリス？」

そんな聞き覚えのある声に慌てて振り向けば、そこにはアーサー様その人がいて。わたしは驚きで固まってしまう。

……どうして、アーサー様がここに。

「アーサー様、どうして……」

「君こそ、どうして此処に？　もしかして今からダンスでも踊るつもりだった？」

ぎくり、としてしまったのが、顔に出ていたのだろう。

するとアーサー様は微笑んだまま「少し、話がしたいな」なんて言うと、わたしの手を取った。

心なしか彼の纏っている空気が、先程よりも冷ややかなものになった気がする。

「こんばんは。彼女を借りても？」

「え、ええ。もちろんですわ」

「ありがとう。行こうか、アリス」

「は、はい」

アーサー様はそう言って二人に挨拶すると、わたしの腕を引いて歩き出す。そのままアーサー様に連れられて会場を出ると、彼はまっすぐ休憩室へと向かって。

やがて中へと入るとアーサー様はかちりと鍵を閉め、ソファに座るよう促された。わたしが恐る恐る座ると、彼もまたすぐ隣に腰を下ろした。

「ごめんね」

「えっ？」

「先に謝っておく」

それだけ言うと、アーサー様は突然、わたしの唇を自身の唇で塞いだ。いつもよりも少しだけ荒々しいそれに、心臓が痛いくらいに早鐘を打っていく。身体が、顔が、熱い。

やがて唇が離れた後、アーサー様は眉を下げ困ったような表情を浮かべて、わたしをじっと見つめた。

「……嫉妬した」

「え、」

「君が他の男と触れ合って、近距離で視線を合わせることを想像しただけで、おかしくなりそうになる。その前に偶然、君を見つけられて良かった」

「アーサー、様……」

まさか彼がそんなことを思ってくれていたとは思わず、申し訳なくなる。そしてわたしは、少しでもアーサー様に誤解されたくなくて、今日舞踏会に参加しリリーのお兄様と踊ろうとしていた理由を、正直に彼に説明することにした。

全て話し終えると、アーサー様は小さく溜め息をついて。次の瞬間には、わたしをきつく抱きしめていた。

「俺がすぐに気付いてあげられなかったせいだ、ごめんね」

「そ、そんな、アーサー様は何も悪くないです」

「ううん、俺が悪い」

そう言い切ると、アーサー様は続けた。

「そういう悩みも全て、話してもらえるようになりたいな。俺は一生、アリスの味方だから」

「アーサー様……」

「それにダンスは得意だから、アリスのフォローもしてあげられると思う」

「だからもう、他の男と踊ろうとなんてしないでね」

すぐにこくりと頷けば、アーサー様は「いい子だね」と言ってわたしの頭を優しく撫でた後、再びきつく抱きしめた。

◇◇◇

そして、舞踏会当日。

アーサー様は今日のために素敵なドレスを贈ってくれた。本当に、いつも沢山のものを頂いてばかりで申し訳なくなってしまう。

「本当に、いつもありがとうございます」

「こちらこそ俺が選んだものを着てくれて嬉しいよ」

馬車に揺られて会場へと向かう最中も、「緊張している顔も可愛いね」なんて言って、アーサー様は甘やかしてくれる。彼といるだけで、不思議と不安がどんどん薄れていく気がした。

やがて会場へと足を踏み入れると、広いホールには大勢の人がいて、その豪華さや規模に圧倒されてしまう。彼の手を取り歩いていくと、女性達は皆、すれ違い様にアーサー様をうっとりとした表情で見つめている。

二人で主催者の方に挨拶をし、挨拶回りをし終えた後、アーサー様は窺うようにわたしを見た。

「アリスが嫌なら、踊らなくても大丈夫だよ」

「……緊張しますけど、わたし、アーサー様と踊りたいんです。それに、アーサー様が他の方と踊るところを見るのも、その、嫌ですし」

少しだけ照れながらもそう伝えれば、アーサー様は驚いたような表情を浮かべた後、目を細め、柔らかく微笑んだ。

「どうしてアリスは、そんなに可愛いのかな」

「…………？」

「あまりにも可愛すぎて、二人きりだったら何をしていたかわからないくらいだ」

「えっ」

そして「大好きだよ」とわたしの耳元で囁くと、アーサー様はわたしにそっと手を差し出して。

彼にまで聞こえてしまうのではないかというくらい、大きな音を立てている心臓の音を感じながら、わたしは彼の手を取り、ホールの中心へと向かう。

「身体の力を抜いて、俺に身を委ねてくれればいい」

「はい」

やがて演奏が始まり、音楽に合わせてステップを踏んでいくけれど、驚く程に身体が軽い。その上、アーサー様の完璧なリードのお蔭で、迷わずに次の動きに入ることが出来る。

彼に出来ないことなんて、存在するのだろうか。そんなことを本気で思ってしまう。

「アリス、とても上手だよ」

「……本当ですか？」

「ああ。これで君に下手だなんて言う人間がいるのなら、会って文句を言ってやりたいくらいだ」

そう言って微笑むアーサー様に、また胸が高鳴る。ああ、彼のことが大好きだと、幸せだと心の底から思ってしまう。

——好きな人と踊ることが、こんなにも楽しくて幸せなものだったなんて、わたしは今まで知らなかった。

「アーサー様」

「うん？」

「わたし、今とても楽しいです」

「良かった。俺もだよ」

二人で視線を合わせて、微笑みあって。それから音楽が鳴り止むまで、わたしは夢のような時間を過ごしたのだった。

◇◇◇

それから更にもう一曲続けて踊った後、わたしはアーサー様と共にバルコニーに出て涼んでいた。

ちらりと隣の彼へと視線を向ければ、夜風によって柔らかな金髪が靡いていて、まるで一枚の絵のような美しさがそこにあった。やがてわたしの視線に気づいたのか、アーサー様はこちらを見ると、ふわりと穏やかな笑みを浮かべて。

「どうしたの？」

「あの、本当に、ありがとうございました」

「礼を言われることなんてしていないよ」

アーサー様はそう言うと、沢山の星が輝く夜空へと視線を移した。

「俺も、アリスのお蔭で子供の頃からの夢が一つ叶った」

「夢、ですか？」

「うん。ありがとう」

……彼の子供の頃からの夢とは、何だったんだろう。

その内容はわからないけれど、アーサー様がとても嬉しそうにしているものだから、わたしまで嬉しくなってしまう。

「アーサー様、大好きです」

身体の中から溢れ出てくるような気持ちを、思わず口に出してそう伝えれば、アーサー様は「俺もだよ」と微笑んでくれて。

わたしはこれ以上ないくらい、あたたかい幸せな気持ちに包まれていたのだった。

あとがき

こんにちは、初めまして。琴子と申します。

この度は『成り行きで婚約を申し込んだ弱気貧乏令嬢ですが、何故か時期公爵様に溺愛されて囚われています』をお手に取ってくださり、ありがとうございます！


本作は、私のデビュー作であり処女作でもある、とても思い入れのある大切な作品です。

元々読書が大好きな私は、育児の合間にＷＥＢにあるヤンデレ小説を読み漁りきった末、昨年三月に自分で書いてみよう、と思い立ちました。そして、とにかくまっすぐにヒロインを溺愛する、格好良くて重たいヒーローを書きたい！　と思い、このお話が生まれました。

書き始めた当初は、誰かに読んでもらえたらいいなあくらいの気持ちでしたが、あっという間に沢山の方に読んでいただき応援して頂けたことで、こうして本にして頂くことが出来ました。

その上、コミカライズまで始まるとのこと、今から楽しみで仕方ありません。間違いなく私が宇宙一楽しみにしています。

当時の私に書籍化、そしてコミカライズをすると伝えても、絶対に信じないと思います。そんな夢のような話を叶えてくださった、日頃応援してくださる皆様、そしてＴＯブックス様、本当にありがとうございます。

今回、大好きな笹原亜美先生に素敵なイラストを描いて頂きましたが、私の脳内イメージどころかそれを超えた素晴らしいものにしていただき、感謝の気持ちでいっぱいです。こっそりスマホの待ち受けにさせて頂いています。毎日目が幸せです。

アーサーはまさにハイスペックヒーローという感じで、これ以上ないいくらい格好いいですし、アリスは守ってあげたくなる可愛らしさで、まさに天使です。個人的には、幼少時代の二人が可愛くて仕方ありません。笹原先生、本当にありがとうございます。


そしてこの作品を本にしませんか、と声をかけてくださり、機械音痴でまともにデータひとつ送れない私を見捨てず、いつも優しく丁寧な対応をしてくださる担当編集さんにも、この場をお借りして感謝を申し上げたいです。いつも本当にありがとうございます。これからも一生懸命に小説を書き続け、いつか「俺が育てた」と自慢して頂けるような作家になりたいです。頑張ります。


最後になりますが、この本を手に取ってくださり、本当にありがとうございました！

本当に買ってくださる方がいるのだろうか……と不安まみれで死にそうな私を、貴方様が救ってくださっています。

そしてよろしければ、お手紙などで感想を頂けると嬉しいです。ファンレター、憧れです。

これからも、アーサーとアリスの物語は続いていきます。二巻にて、再び皆様とお会い出来れば幸いです。

コミカライズ決定を記念して

コミックシーモアにてコ

祭り上げられる!?
ひとりで乗り込むのは禁止
俺も連れて行け
「冗談じゃないわよ!」
妖精姫聖女化計画を
ぶち壊せ!

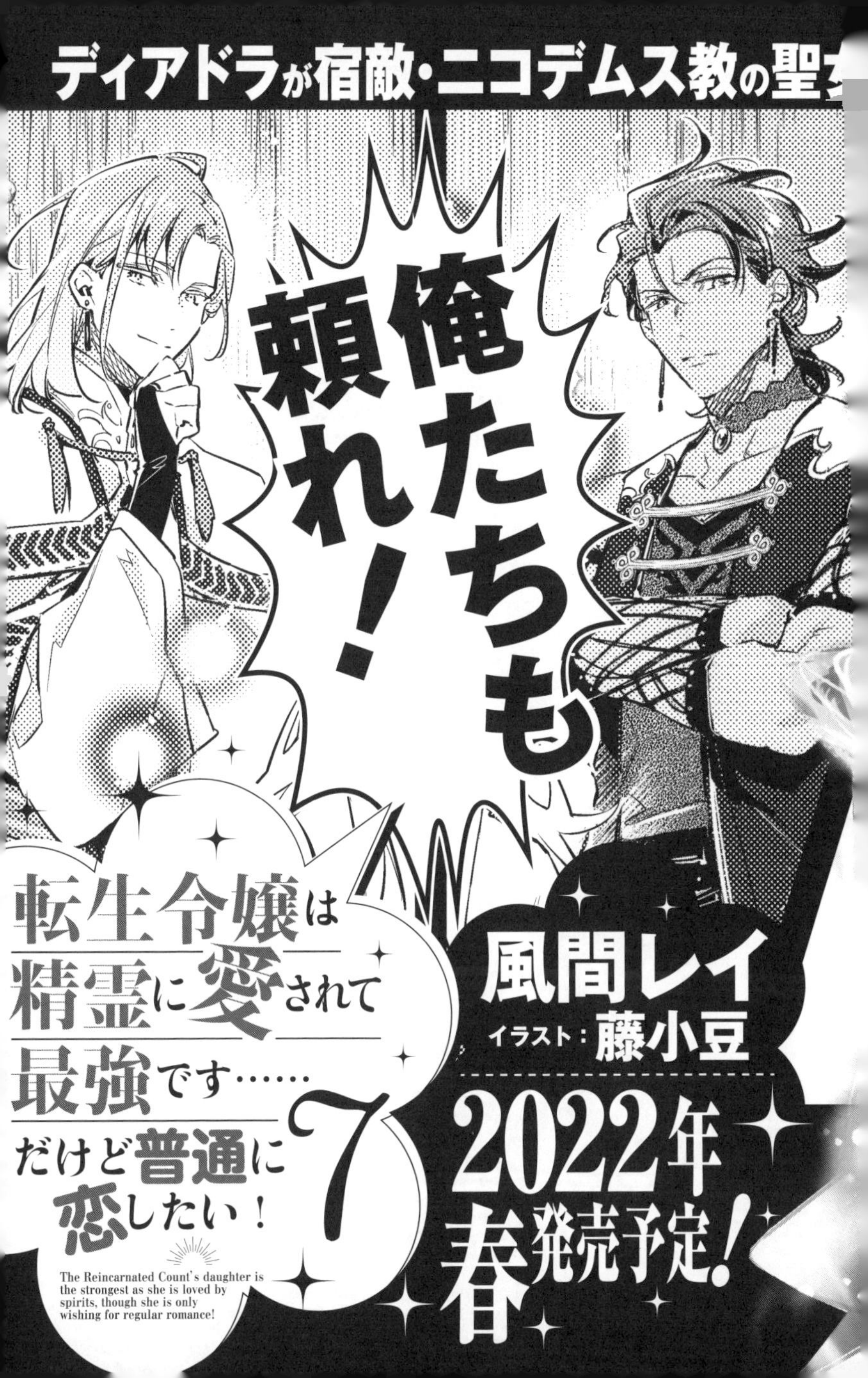

ディアドラが宿敵・ニコデムス教の聖
俺たちも頼れ！
転生令嬢は精霊に愛されて最強です……だけど普通に恋したい！
7
The Reincarnated Count's daughter is the strongest as she is loved by spirits, though she is only wishing for regular romance!
風間レイ
イラスト：藤小豆
2022年春発売予定！

次期ツェントであるわたくしの婚約者だなんて恥ずかしいではありませんか
ひどい婚約者に義理立てする意味などないでしょう
ルディナンドの
危機！
貴族院四年生の始まりも束の間――
第五部後半へ、急展開！
詳しくは「本好きの下剋上」公式HPへ！ http://www.tobooks.jp/booklove

……誰でもいいから、早くフェルディナンド様を助けて！
フェ
2021年12月10日発売予定!
本好きの下剋上
司書になるためには手段を選んでいられません
第五部 女神の化身 Ⅶ
香月美夜
miya kazuki
イラスト：椎名 優
you shiina

サンクランド王国編
クライマックスへ！
ミーア様の
お召し物が…!?

いつまでも逃げていられないわ！
ついに王太子との直接対決へ！
ありのままで生きたい令嬢の
逃亡ラブファンタジー第3巻！
自棄《ヤケ》を起こした
公爵令嬢は
姿を晦《くら》まし
自由を楽しむ
3
コミカライズ
2021年11月
連載開始予定！
漫画：小田山るすけ

今まで黙ってて
ごめんなさい！
たつきめいこ
meiko tatsuki
《イラスト》
仁藤あかね
akane nitou
2022年第3巻発売決定！

過去に囚われた師匠《ウィステリア》と弟子《ロイド》の共同生活の行方とは——？
孤独な非戦闘系元令嬢 × 天才肌の傲慢系貴公子の
師弟恋愛ファンタジー第２巻！
おい、聞け！
コミカライズ企画も
進行中だぞ！
発売!!!!!!!!!!

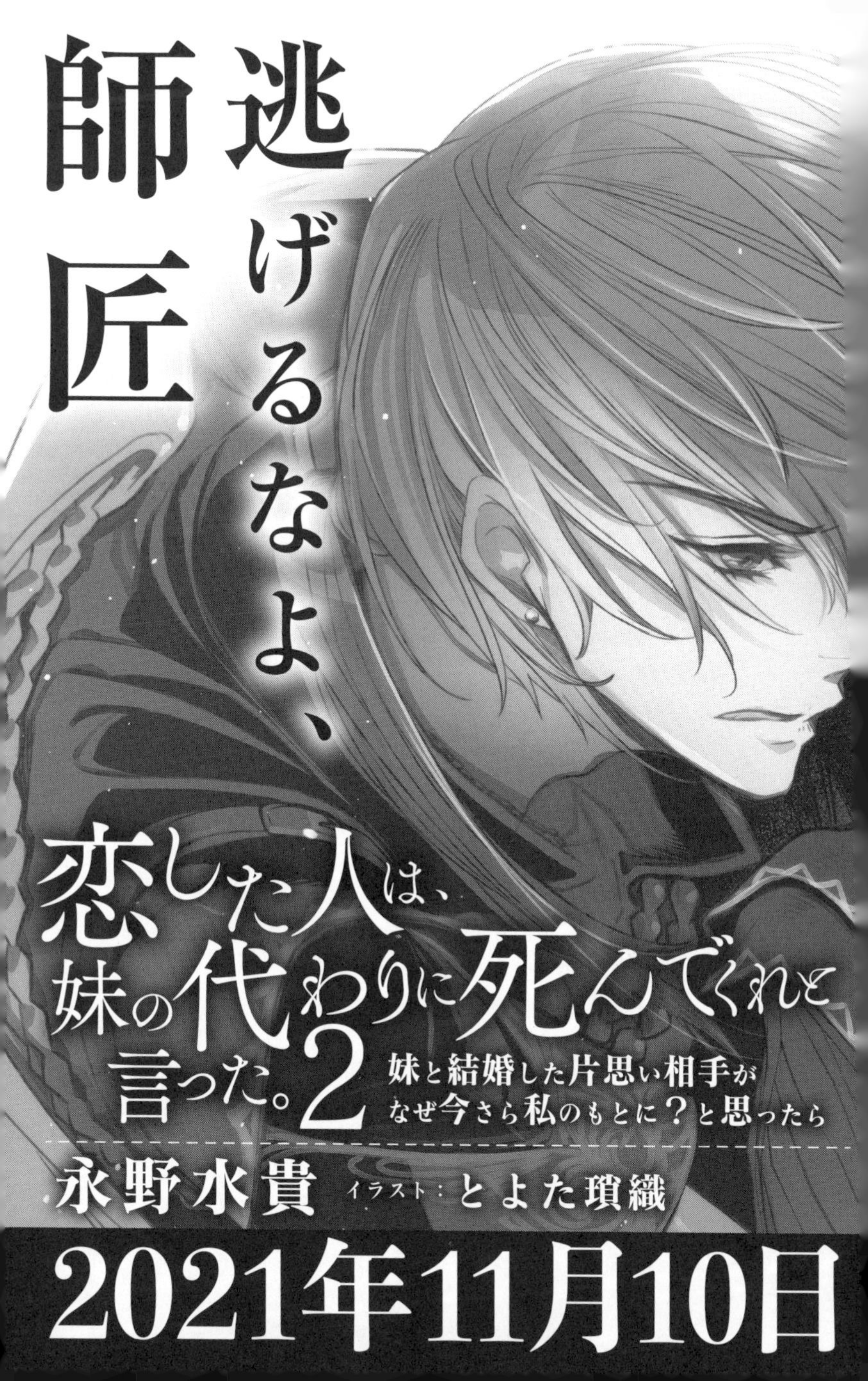
逃げるなよ、
師匠
恋した人は、
妹の代わりに死んでくれと
言った。2
妹と結婚した片思い相手が
なぜ今さら私のもとに？と思ったら
永野水貴
イラスト：とよた瑣織
2021年11月10日

成り行きで婚約を申し込んだ弱気貧乏令嬢ですが、何故か次期公爵様に溺愛されて囚われています

2021年2月　1日　第1刷発行
2021年9月30日　第2刷発行

著　者　　琴子

発行者　　本田武市

発行所　　TOブックス
〒150-0002
東京都渋谷区渋谷三丁目1番1号　PMO渋谷Ⅱ　11階
TEL 0120-933-772（営業フリーダイヤル）
FAX 050-3156-0508

印刷・製本　中央精版印刷株式会社

ISBN978-4-86699-115-3